転生した悪役令嬢は復讐を望まない
JN033780
マリー・エディグマ
（主人公）年齢 18歳
田舎町エディグマ領の男爵令嬢。ローズマリーの過去を思い出し、生まれ変わった今は平穏に暮らしたい。
ローズマリー・ユベール
（マリー転生前）年齢 享年16歳
マリーの前世。ディレシアス国王子の婚約者だったが無実の罪により絞首刑となる。

レイナルド・ローズ
年齢 32歳
ローズマリーの弟。無実の罪で
亡くなった姉に代わり復讐を誓
う。氷の公爵と呼ばれている
リゼル・ディレシアス
年齢 19歳
かつてローズマリーの婚約者だっ
たグレイ王の子供。マリーに一目
惚れをする
アルベルト・マクレーン
年齢 36歳
ローズマリーに仕えていた騎士であり、彼女の
幼馴染み。現在はディレシアス国の騎士団長

転生した悪役令嬢は復讐を望まない

Tensei shita akuyakureijyou ha hukusyuu wo nozomanai

あかこ

illust by 双葉はづき

contents

プロローグ

大衆が集まる広間に、刻を知らせる鐘の音が荘厳な音をもって鳴り響く。

処刑執行を知らせる鐘の音が。

大勢の民が何事かと押し寄せる中、一人の女性が引きずられるがまま断罪の場に引き出された。

ドレスではなく、囚人のみすぼらしい服。

かつては長く美しいと言われた金色の髪は無残に切り刻まれ、肩にかかるか程度の短さだった。本来の身分である貴族としてはあり得ない短さに、遠目から眺める貴婦人たちは眉をひそめている。中には扇で口元を隠し笑う者もいた。

ろくな食事も与えられず痩せた頬に骨張っただけの長い脚。日差しにもしばらく当たっていなかったために肌は白く薄汚れている。靴さえも与えられず裸足で歩く足の裏は歩くたびに切り傷ができる。それでも誰かが彼女の歩みを止めてくれるはずもなく、縄で繋がれたままに歩かされていた。

平民は公衆の場で処刑される女性が誰であるかなど知らない。ただ、庶民でさえも公開処刑を行うような大罪人はいないのだから、これから処刑されるだろう女性はさぞ大罪を犯したのだろうと声を潜める。

処刑の執行人が前に立ち、書面を掲げ、高らかに声を上げる。

「これより、ローズマリー・ユベールの処刑を執り行う」

辺りがざわつく。このみすぼらしい女性が、王太子であるグレイ・ディレシアスの婚約者とされたローズマリー・ユベールだとわからなかったからだ。

騒がしくなる広場に執行人が静粛にするよう、声を張り上げている中、ローズマリーは何の感情もなく空を見上げていた。

縛られ続けた手は痣が消えないほどに浅黒くなってはいるが、かつて美しくあれと手入れされていた指先は今もなお細く良い形をしている。

見守る大衆の中には、裁かれる前だというのにひどく穏やかに前を見据える女性に見惚れる者もいた。罪人はもっと、涙を流し死に恐怖するものだと思っていたが、ローズマリーからは一切の恐怖が見えず、ただ堂々と絞首刑台の前に立っていた。

「罪人を台へ」

罪状を述べ終えた執行人が告げると、ローズマリーを拘束していた男が後ろから押してくる。

ローズマリーはゆっくりと壇上に上がった。

目の前にぶら下がるロープの輪。

背後に立つ男がローズマリーを更に前に進ませ、ロープを彼女の首にかける。

ローズマリーは首元を圧迫する縄に恐怖がこみ上げるが、同時に解放されることへの喜びも感じていた。

遠目にローズマリーを見るかつての婚約者であるグレイ王子と、彼が熱愛しローズマリーに婚約破棄を言い渡した後、すぐに婚約発表をした恋人であるティア・ダンゼスの姿があった。

表情まで見えないが、悲しむような素振りは見えない。

婚約者の言葉を何一つ信じることなく断罪した婚約者。

その婚約者の地位を奪い、かつローズマリーに無実の罪を被せ、彼女を死刑にまで追い詰めた女。

真実を知る者は中傷せずに黙ってローズマリーを見つめている。

付近を見回せば、彼女によく仕えてくれていたメイドたちの姿もある。

ローズマリーは、苦しむような姿を見せたくなくてメイドたちに笑ってみせたつもりだったが、縄が圧迫してうまく顔には出せなかった。

彼女を罵る輩(やから)も多いが、それでも中には真実を知りながらも口を閉ざすしかなく、申し訳ない感情を浮き彫りにした者たちの姿もある。

それも仕方ないと、ローズマリーは理解していた。

彼女自身、悪の令嬢と陰で言われ続けてきたことも、仕方のないことだと。

ティアに罪を被せられただけではなく、父である侯爵が陥れられた時点で敗北は確定していた。

(私は悪の令嬢として生涯を終えるのね……)

彼女が好んで読んでいた物語のように、ハッピーエンドな結末は望めないと自嘲する。

鐘がもう一度鳴り響いた。

刑が執行される。

男がローズマリーから離れ、台の下を開くための仕掛けに手を置いた。
いつ執行されてもおかしくない状況に、ローズマリーは目を閉じた。
その時、微かに心を揺さぶる声がローズマリーの名を呼んだ。
「姉様！　ローズマリー姉様！」
泣き叫ぶ少年の声。
縄で圧迫する苦しさを無視して、ローズマリーは叫ぶ声の方向を見た。
「レイナルド……！」
誰よりも愛しい彼女の弟の姿を最期に見られるだなんて。
枯れたはずの涙が溢れた。
（可愛い弟。私を信じてくれたレイナルド……）
貴方がこの先幸せでいてくれることが、私の最後の願い。
更に大きく鐘が鳴り響く。
足元が宙に浮き。
首元に絡まる縄がローズマリーの首を一気に締め付けた。
刑が執行されたことを知らせる鐘の音が、彼女の失われる意識の中で聞こえた。

◇

「マリー。大丈夫か？」

目を開けたら、男性が私を心配そうに見下ろしていた。

目尻に僅かな皺（しわ）があるが、顔立ちが童顔のせいか見た目がとても若い。

不精に伸ばした榛（はしばみ）色の髪、蜂蜜色の瞳。童顔を気にして生やしている鼻の下の髭（ひげ）が、余計に愛嬌（あいきょう）を生み出している。

「マリー？」

男性がもう一度名前を呼ぶ。

マリー。

マリーって誰だっけ。

私はローズマリーではなかっただろうか？

頭がまだ混乱する。

さっきまで見ていた処刑台の光景が忘れられない。

たった今まで罪人として立っていたというのに。今の状況がわからないが、どうも倒れてしまっているところを、男性に起こしてもらっていることだけはわかった。

「あの……」

ようやく絞り出した声が、私の声？

馴染（なじ）みがあるような、ないような。

「ああ、マリー良かった。目が覚めないかと思ったよ」

男性が嬉しそうに優しく私を抱きしめた。

懐かしい牧草の香り。

そうだ、この香りは知っている。

「お父様……」

私は、マリーはようやく思い出した愛しい父の背中に腕を回した。

改めて思い出す。私の名前はマリー・エディグマ。

王都からだいぶ離れた辺境の町に住む小さな男爵家の長女。

年齢は一八歳。母は幼い頃に病死、兄と父と三人暮らし。そして今、私を起こしてくれた人が父。

先ほどまで見ていた処刑台の女性、ローズマリー・ユベールは、かつて私だった人。

父に誘導され自室のベッドに座り、渡されたカップを口にあてる。

(生まれ変わりなんて物語みたいね)

カップに注がれたホットミルクを飲みながら思わず苦笑した。

今の今まで思い出すこともなかった前世の私を思い出したきっかけは、とても単純だった。

男爵という爵位がありながらも平民と同様の生活をしていた私は、日課としていた家畜の世話をしている最中だった。

エディグマの領地は小さく、住民も大した人数はいない。騎士などが駐屯することもなく自警団が見回りをし、商いは小さく流行り物は数か月以上遅れてやってくるような田舎だ。平野と陽当たりの良さが売りで、牧場と畑を中心とした農耕民が占める村である。

私は父が飼っている牛の乳搾りを手伝った後、普段使用する薪(まき)用の枝を集めようと牛舎の中で縄を取り出していた。

縄を手元に手繰り寄せているところで、近くにいた牛が虫か何かに驚いて暴れだし、驚いた拍子に間抜けにも足元を崩した。

何の因果か、手繰り寄せていた縄が首元にかすった瞬間。

絞首台がフラッシュバックし、その場に倒れた。

倒れている私を見つけた父は頭を打ったと思ったらしく心配してくれていたけれど、特に怪(け)我(が)した様子もなく、意識を失っただけだと答えた。まさか前世の記憶を取り戻していたなんて言えるはずもない。

かつて最愛の妻を病で亡くした記憶を思い出させるのか、いたく父を心配させてしまった。

「ごめんなさいお父様。どこも痛くないですし大丈夫ですよ」

「そうかい？　でもマリーは働きすぎだから休むにはちょうど良い機会だったんだよ。せっかくだからゆっくり休みなさい」

優しく頭を撫(な)でてくれる父の手のひらの暖かさを心地よく感じながら、小さく頷(うなず)いた。

私としても、突然思い出したローズマリーの記憶に動揺しているのも事実。

改めて思い出してみると、まるで絵物語のように鮮明に思い出せる。

侯爵令嬢であったローズマリー・ユベール は、現国王であるグレイ・ディレシアスの元婚約者だった。

幼い頃から厳格な父により王妃として相応(ふさわ)しくあれと躾(しつ)けられた。

上品なドレスを着こなし、貴族たる礼儀や礼節を教わり、淑女としての振る舞いを血が滲(にじ)むまで覚えさせられた。

野心家であった父は平民や領民のことを、金を生み出す物として扱い、ローズマリーを政治の道具として使った。

愛情を子供に与えることがなかった父に好かれたくて、また反抗することもできず、ローズマリーは言う通りに王太子の婚約者となったけれども、結果、政治の道具として扱われ父は失策し追放、ローズマリーは無実の罪を被り絞首刑となった。

その悪辣たる歴史はマリーとして生まれ変わっても知っていた。

ローズマリーという名の悪女。

王太子の婚約者でありながら非道な行為で女性に暴力をふるい、ふしだらな女として悪名高い大罪人として教わってきた。国民誰もが知る悪女である。淑女たる教育の中に、彼女の名は悪い例として扱われるほどだ。

(噂(うわさ)って怖いわ……)

男性経験など皆無。婚約者とも滅多に会話をしたことがないような、貞節の鑑(かがみ)のような女性だったというのに。

真実は隠蔽され、諸悪の根源は亡き令嬢に全て押し付けられ、絞首刑と共に闇に葬られたらしい。

結果、悪役たるローズマリーは退場し、主役となった王太子と大恋愛の末に結婚したティア妃は輝かしい挙式を行い、今では絵本にもなって国民に親しまれている。

そういえば小さい頃、無意識だったもののこの絵本が大嫌いだった。

父をベッドから見送った後、私はベッドの上で大きく腕を上げ伸びを一つ。

生まれ変わった私、マリーには何のしがらみもない。

政治的な陰謀も、悪質な女の嫌がらせも、私を疎ましく見つめる婚約者も。

「平和が一番ね」

父譲りの榛色の髪を結い、蜂蜜色の瞳で微笑(ほほえ)んだ。

牧草と家畜の香り、焼きたてのパンの匂いがする今の我が家が愛おしい。

窮屈だったローズマリー。

「今の私は幸せよ」

私はかつて私だった人に囁(ささや)いた。

きっと私だったローズマリーも満足しているでしょう。

❖

処刑を終えた後の絞首台には静寂が訪れていた。

しばらく見せしめとするよう、ぶら下がる遺体は風が吹くたびぎこちなく揺れる。

日差しは陰り、人影が一つ、一つと減っていった。

処刑時の喧騒（けんそう）は消え、禍々（まがまが）しい絞首台には見張り兵が一人立つだけだった。

見張りが欠伸（あくび）をしているところに誰かが近づき声をかけてくる。見張りは話しかけてきた男を見た。

様相からして若い騎士のようだった。

騎士の背後には貴族にしか纏（まと）えないような身なりの良い衣服を着た少年が立っていた。美しい女性のような顔立ち。金色の髪は見張っていた罪人と同じようにも思えたが、あの女よりも綺麗（きれい）な髪をしている。男にしておくのが勿体（もったい）ない美形の少年だ。

「王からの指示を承り参りました。書状をお見せしても？」

騎士が懐から書類を出して見せたが、見張りの男にはそれが何と書かれているかはわからなかった。男は雇われているだけで文字まで嗜（たしな）んでいなかった。

「遺体を回収せよとのご命令です」

見張りは書状に一応目を通し、わかった振りをして頷き、その場を去った。

遺体は明日には燃やされるため、それまでは見せしめとするよう仕事を依頼された時には言われていたが、それが早まろうが見張りの知ったことではない。

遺体の回収が早まった分、仕事が早く終わるのならば、と男は内心喜んだ。

見張りの男が立ち去るのを見送ってから、騎士がぶら下がる囚人の前に立ち、しばらく彼女を苦しめていた縄を小刀で切り、落下してきた体を抱きとめた。

元より軽いと思っていた彼女の体は驚くほど細くなっていた。肉は全て削げ落ち、抱きとめても骨しか感じられない。柔らかだった髪は汚れ無残に切り刻まれている。

僅かに開いていた瞳を手でゆっくりと押さえ目を閉じ、口から溢れた水滴を汚れることも厭わず袖で拭った。

女性の体を外套で優しく包み、横抱きし、二人は来た道を戻る。

隣を歩く少年は、だらりと落ちた細く冷たい指に、自身の指を絡めたまま道を進んでいた。

彼女が生きていた頃はよくこうして手を握っていた。その頃は暖かかった手の温もりは今はない。氷のように冷えた指先を暖めるように握りしめる。

馬車に到着するとまず騎士である青年が乗り込み、外套で包んだ女性を長椅子に横たえた。

向かいに少年が座り騎士と目を合わせると、騎士が御者に声をかけた。

馬車が走りだす。

「帰りましょう、姉様」

少年が眠るローズマリーに囁いた。

ローズマリーが唯一心を許した弟レイナルドは、姉の手を取り恭しく口付けた。

帰る場所は彼女を陥れ、命を奪った王宮でも、彼女を政治の道具として扱った自領でもなく、幼い頃に二人で過ごした別荘地へ。

偽物の書状を懐から取りだした。手のひらで書状を握り潰した騎士は、御者の隣で遠くにそびえる王城を見据えた。

同時にレイナルドも窓の外から同じ景色を見つめていた。

騎士が忠誠を誓った主を殺した者たちがいる。

あの城には、愛した姉を苦しめ殺した奴らがいる。

二人に共通していることは復讐のみであった。

馬車は誰にも見つかることなく走り、薄暗くなり夕暮れが沈む街中から静かに姿を消した。

翌朝、絞首台から姿を消した遺体の件で騒ぎが起き、見張りとして雇われていた男が処罰された。

男の言い分を誰一人として信じることはなく。

元死刑囚ローズマリー・ユベールの遺体が発見されることはなかった。

ガタガタと揺れる馬車の乗り心地は最悪だったけれど、慣れれば環境に適応するようで、私は気持ち悪い揺れにもだいぶ慣れてきた。

（さすがに丸一日以上も乗っていれば慣れてくるものね……）

私は今、遥（はる）か遠くに見える王城へと向かっていた。

事の発端は一か月ぶりに王城から戻ってきた兄より渡された手紙だった。

ローズマリーの記憶を取り戻したからといって、何か変わることもなく日常を過ごしていた私の元に、本来丁重に扱うべき封筒を投げ渡された。私は帰ってきたばかりの兄に挨拶もせず質問を投げた。

「何これ」

「王室からお前宛だとよ」

「はあ？」

全く想像していなかった兄の一言に、思わず素っ頓狂な声を上げてしまった。

「何で私に」

「さあね」

焼きたてのパンをつまみ食いしながら兄であるスタンリー・エディグマは屋敷の奥に進んで

いった。恐らく父に王都や領地に関する報告でもしに行くのだろう。

さっさと隠居をして田舎生活に生き甲斐を見出した父とは正反対に、兄のスタンリーは田舎暮らしを嫌がり、父の跡を継ぐと早々に王都に通いだした。こうして月に一度領地の様子を見るために戻ってきているが、こんな平和なエディグマ地方の片田舎で何かあるわけでもなく、どちらかといえば息抜きに帰ってきているように見える。実際に領地の細かい業務は引き続き父が行っていたり、時々私が手伝ったりしているから、はっきり言って兄は名ばかり領主だ。

受け取った封筒を裏返すと見覚えのある印章が目に入った。

獅子の刻印は国王の象徴。つまり国からの書状であることを意味する。

ローズマリーの頃にはよく目にしていた印章だったけれど、まさかマリーである私が目にする時が来るとは。

恐る恐る引き出しから取り出したペーパーナイフで封を切り、中を一読する。

「最悪だわ」

読み終えた私は、心の底からため息を吐き出した。

「王室からの手紙だって?」

兄から話を聞いたらしく、父が階段を下りて私の元に寄ってきた。

私は、手にするのも嫌な手紙をさっさと父に渡す。受け取った父はしばらく読んでいると「凄いじゃないか」と驚いた。

「王宮侍女への推薦状だ。何だってマリーが？」

「王太子の婚約者探しだよ」

父の書斎から出てきた兄が口出ししてくる。どうやらつまみ食いしたパンは既に腹の中らしい。

「ああ。リゼル様もそんなお年頃だったたな」

リゼル・ディレシアス王太子。

ローズマリーにとっては元婚約者であるグレイと、彼が熱愛し新たに婚約者という地位を奪い取った女、ティアとの嫡子だ。

(ローズマリーが亡くなって一年ぐらいしてから誕生されたのよね)

大恋愛の末に生まれた赤児（あかご）は、未来の国王として国をあげて祝われたらしい。

「いやあ、それにしてもマリーを妃候補だなんておかしいじゃないか。地方の男爵令嬢なんて何の利益もないぞ?」

ごもっともな父の意見に頷く兄。

私は少し考えたのち、二人に意見する。

「多分ですけど何も利益がないからですよ。下手（へた）に得する相手と結婚すれば、現王権の勢力が傾く恐れがあるから。だったら何の得もしないけど、何のリスクもない田舎娘を候補にしているのでしょう。とりあえず結婚だけでもさせて、正妃は政権が落ち着いた頃に迎えるのかもしれませんし」

ローズマリーの時に散々悩まされた政権抗争にはウンザリしていた。

(ローズマリーがグレイ王太子の婚約者になったのも、ユベール侯爵が地位を確固としたもの

にしたかったところが発端だったし）

ローズマリーの父は政力争いにしか興味のないような男だった。

ろくに愛情を注がれなかったローズマリーは、幼心に寂しさを覚えていた。一時は父であるユベール侯爵に振り向いてもらいたくて奮闘していたが、無駄だとわかる頃には遅かった。

「いや～やっぱりマリーは頭がいいねえ。父さんちっとも考えつかなかったよ」

嬉しそうに微笑む父に笑って誤魔化しておいた。父はいつもこうして私を褒めてくれる。

今の父は、前世の頃の父親とは全く違い、私や兄に対して十分に愛情を注いでくれている。

兄は時々鬱陶しそうにしているけれど、前世で寂しい思いをしたことを思い出した私には、その愛情でどれだけ救われてきたのか改めて感じることもある。

（今の私は幸せだわ……）

胸の内が温まるような気持ちで父に微笑んだ。

「まー、あとはお前の噂が結構出回っているからだろうな」

しみじみと感慨に耽っていたが、二つ目のパンを頬張る兄の言葉に顔を上げた。

「噂？」

「お前のデビュタントだよ」

「ああ～……」

父と同時に唸ってしまった。

思い出したくもないデビュタントがフラッシュバックする。

デビュタント。成人した女性のお披露目会。

一七という少し遅めの年齢の時に私は王都で開催されるデビュタントに参加した。

当時まだローズマリーの記憶はないけれど、かつて自分が亡くなった場所に向かう足取りは重く、ギリギリの年齢まで王都に行くことを拒んでいた。

さすがに「結婚できなくなるぞ」という兄の脅しもあって、兄にエスコートを頼み渋々デビュタントを果たしたのだ。

会場に入室した私に視線を送る人たちの顔は、幾ばくか驚いた顔をしていた。

驚かれる理由はドレスにあった。それこそ、兄が言うデビュタントでの私の噂の一つ。

フリルを大量に使用したプリンセスドレスが当時主流の中、私は真逆にもシンプルなデザインを主軸としたマーメイドドレスを着用していたのだ。

年齢も一七と周りよりも年が上の中、フリルたっぷりのドレスとか無理だし、そもそも田舎であるエディグマ地方には流行を取り入れたドレスなんてものはない。

流行遅れのドレスを着て笑い者にされるぐらいなら、自分に合ったドレスを着たい。

そう思い、馴染みの針子である友人の元に通い、数あるドレスの資料を何年も前から遡ってデザインを見聞した。

よくよく資料を見ていると、一定周期でドレスの流行が変わっていく様子が見て取れた。

数年前は淑女らしさが窺(うかが)えるミモザドレス、その前はエンパイアライン。

最近廃れた流行りのドレスを除き、自分に合うドレスを考えた結果、体型が細く身長が一般女性よりは僅かに高い自分にはマーメイドドレスが似合うと判断し、製作にとりかかった。

蜂蜜色の瞳と榛色の髪が明るい色だから、ドレスの生地は派手さよりもシンプルな色合いを。

装飾はゴテゴテしたものよりも細いデザイン。光の反射のみで輝くシルバーを。

髪結いは大人びすぎるとデビュタントでは浮くため、多少前髪を下ろし後ろ髪をまとめあげる。

結果、笑われることはなかったが、色々な意味で浮いたのは事実だった。

「ドレスについては今でも城にいると聞かれるからな。子爵からお抱えデザイナーはどうかとか、商会で雇いたいってよ」

「それは丁重にお断りください」

ドレスのセンスが良かったとしても、私だけの実力じゃない。針子の友人の協力あってこその評価といえる。

「もう一つあっただろう？　あれも噂の一因かな」

呑気(のんき)に父が言う噂に、兄が笑いだしたので睨(にら)んでやった。

「ドゼ地方の令嬢がどっかの子爵にからかわれていたところでマリーが登場、社交界の毒蛾(どくが)を華麗に仕留めるってやつか」

私の睨みも無視して兄がわざとらしく声を張る。

「地方の令嬢が王都に住む子爵令嬢の取り巻きたちにいじめられ、大恥かかされそうになったところにお前が登場。泣いて困っていた令嬢に話しかけ、先日そちらで素晴らしい鉱石を発見されたのですよねと褒めまくる。あまりの素晴らしさに王妃様も大変お喜びだったそうですね、とまあ嘘をツラツラ」

「嘘ではありませんよ。ドゼ地方から鉱石が出たのは本当でしたし」

「そこで王妃の名前やらお偉方の名前を堂々と口にして、相手が萎縮したところでドゼ令嬢を連れてその場を離れる。大事にならず終えたところを見ていた奴らが称賛。いじめていた取り巻きどもは肩身狭くして退場。お前とドゼ令嬢は拍手で讃えられる」

思い出しても恥ずかしい記憶に私の顔がみるみる赤く染まる。ちなみにその時兄はエスコートすべき妹を差し置いて女性をナンパしていた。最低な兄である。

「おかげで恥をかかずに済んだと、令嬢のご両親からは今でもお礼状を頂いているよ」

ニコニコと微笑む父。

ニヤニヤと語る兄。

私は深々と、本当に深々とため息をついた。

（目立たなきゃ良かった……）

当時は、我ながらよく行動できたなと驚いていた。

それがローズマリーの時に叩き込まれた淑女としての知識からなのかはわからないが。

とりあえず男どもの話から抜け出た私は自室に戻り、改めて受け取った手紙の中身を読んだ。

何度目を通したって王宮侍女として出仕する話が書かれている。推薦状という大義で出されているものの、ほぼ強制であることは間違いない。

王都には昔から足を運びたくなかった。

どうしても好きになれず、父が誘ってくれても首を横に振り、田舎町であるエディグマで過ごしていた。やむを得ない事情で訪れるにしても、早く帰りたがっていた小さい頃の行動がどうしてか、前世を思い出した今ならわかる。

王都は辛い記憶と、それでも幸せであった記憶が入り交じる場所だった。もしも私が幼い頃にローズマリーとしての記憶を、しかも絞首刑にあう記憶を思い出しでもしたら小さな私には耐えられなかっただろう。

無意識な自己防衛だったのかもしれない自身の行動に納得した。

思い出した今は、絞首台に向かう恐怖は特にない。勿論怖かったのは確かだけれども、それ以上に思い出すものが多くあった。

淡く刻まれたローズマリーの記憶を思い出しながら、心を決めて王都に向かうことにした。

結果、私はこうして丸一日以上かかる王都へ向けて、兄と共に馬車で向かうことになったのだ。

『ねえ、騎士様ごっこして?』

『またですか? もう飽きましたよ』

『いいじゃない。予行演習は大事よ? アルベルト。私、騎士様ごっこがしたいの』

ローズマリーの言う騎士ごっことは、姫に忠誠を誓う騎士とのシーンを延々繰り返させる行為のことだった。

当時六歳の夢見る少女と、当時六歳の遊びたい盛りの少年では遊ぶ内容で意見も食い違うが、結局押しに負けてアルベルトは主の望む騎士ごっこに付き合った。

『アルベルトは大きくなったら騎士になるのでしょう？』

『そうですよ』

『じゃあ私が王女様になったら守ってね』

代々騎士団長として名を連ねる家族に倣い、騎士になることを当然としていたアルベルトに小さな目標を与えてくれた幼馴染み。

将来はローズマリーを守る護衛騎士として働くようにとずっと父親に言われていたが、言われなくてもアルベルトはそのつもりだった。

幼少の頃より主従関係でありながらも、幼馴染みとして育ってきたローズマリーがアルベルトにとって大切な存在だったからだ。

『アルベルトもこの本みたいな騎士様になってね』

少女が何度も読み返し、擦り切れてきた絵本の挿絵では、騎士が跪(ひざまず)き姫に忠誠を捧げている。

少女たちの憧れを描いた絵物語を、アルベルトはローズマリーにせがまれ何度も読まされたため、この物語の内容も熟知していた。

ローズマリーはキラキラ輝く翡翠(ひすい)の瞳で本を見つめている。

将来は王太子の婚約者と決められた彼女。日々稽古の合間を縫っては、アルベルトと遊び、いつも物語を読んでは挿絵を眺めていた。

遊びたい気持ちを抑えて勉強して、ダンス練習をして、マナーを覚えて。

ひたむきに進む彼女の姿に寂しさを覚えたけれど、彼女を守ることを目標にしてアルベルトも剣を学び、勉学に勤しんだ。

全ては彼女と幼い頃に交わした約束を果たすために。

かつての遊んでいた頃から数年経ち、一端の騎士としてようやく王都に配属されてからしばらくして、王宮で不穏な噂が立ち始めた。

王太子の婚約者であるローズマリーが私室に男を招き入れていると。

そんなはずがない。

アルベルトは下らない噂だと吐き捨てた。彼女のことを知る者であればすぐにでもわかる誤った情報は、どうせしばらくすれば沈静するだろうと思っていた。王太子の婚約者であることを僻む者は多い。その中の一つだろうと。

続いて出た噂は、ローズマリーの浪費についてだった。

王宮にまたドレスの仕立て屋が訪れた。宝石商がローズマリーの命令で訪れた。

それも聞き流した。が、少しばかりアルベルトは不安になった。

しかしまだ騎士になりたてのアルベルトには何も動くことなどできず、ただ命令されては出仕し、時に遠征で王都を離れることもあった。

それでも気になって、どうにか時間の合間を縫ってローズマリーに会いに行ったが問題ないと笑顔を向けられた。

当時愚かにも気づかなかったが、それはただの痩せ我慢だったのだろう。まだ新米に近いアルベルトに心配をかけまいとした、ローズマリーの優しさをアルベルトは見抜けなかった。

しばらく遠征で離れていたアルベルトが戻った時には既に遅かった。

ローズマリーは反逆罪と殺人未遂の罪により投獄され、処刑が決定していた。

怒濤（どとう）の展開に驚愕（きょうがく）して異議申し立てしようとしたが、当時上司であった騎士団長に止められた。

アルベルトの、怒りで握りしめた拳からは血が垂れた。青筋立てて騎士団長に抗うと頬を強く叩かれた。

もう遅いと。

耐えるしかないと。

逆らえばアルベルトも処刑されると脅され、アルベルトは悔しさからその場に崩れ落ちて泣いた。

処刑されても構わなかった。彼女を助けたかった。

『私が王女様になったら守ってね』

アルベルトは約束を守ることができなかった。

騎士団長より謹慎の命を受け、真っ暗な自室に籠もっていた。

施錠された扉をこじ開け、城内にある牢（ろう）に押しかけることを憂慮した団長の判断は正しい。

もし謹慎させられていなければ実行していただろうからだ。無計画なアルベルトには、それぐらいしか彼女を助ける術（すべ）が思い浮かばなかった。

暗闇の中で自責の念にかられていたアルベルトの元を訪れたのは、幼馴染みであり、ローズマリーの弟であるレイナルド・ユベールだった。

姉と同じ金色の髪に翡翠の瞳。最後に見た時の彼はまだ幼い印象があったが、今目の前に立つ少年はアルベルトの知るレイナルドと同一人物とはとても思えないほど、瞳は氷のように冷えきっていた。

ゆっくりと歩く姿は幽鬼のように冷たく美しかった。

「ローズマリー姉様を助けたい」

声変わりの途中であろう少年の静かな、けれど意志の籠もった声。

「手伝ってほしい」

小さな手が差し出される。

この時アルベルトは、書物に出てくる悪魔と契約を交わしているような気持ちになった。

それがどれだけ今のアルベルトにとって救いとなったか。

力もなく自室に閉じ込められるような小さな存在であることを痛いほど感じていたアルベルトにとって、レイナルドの提案は救いだった。

悪魔がいるならば喜んで契約しよう。

「お受けいたします」

差し出された手を強く握りしめる。

『アルベルトもこの本みたいな騎士様になってね』

かつて約束した思い出。

記憶の底で微笑むローズマリーに頷いた。

なってみせるとも。

貴女(あなた)の望む騎士になって、改めてまた忠誠を誓おう。どのような立場であろうと、反逆罪になろうとも。ローズマリーという尊い主を救い出せるのであれば何でもしよう。

それが彼女に恋慕したアルベルトの、唯一生きる目的だったのだから。

馬車に乗りながら夢を見ていた私は、ようやく到着した城下町をぼんやりと眺めていた。

最近眠りにつくと頻繁にローズマリーの記憶を見ることがある。

突如思い出したローズマリーの記憶だけれども、本で読んで得たような知識として感じる記憶もあれば、まるで私自身が体験したように感じる思い出もある。

そして、今のように夢に見ることも。

（懐かしい夢。ローズマリーが好きだった本は、私も好きだったな……）

同一人物でありながら他人でもあるローズマリーと共有する点が見つかることが私には嬉し

かった。

「ほれ、着いたぞ」

面倒そうに馬車の外から手を差し出してくれる兄。一応紳士の対応をしてくれることに礼を述べてから支えてもらいつつ馬車を降りる。

エディグマとは天と地ほども違う栄えた城下町には人が賑(にぎ)わっている。様々な人が行き交う道路。馬車通りで降ろしてもらった私は荷物を抱えて急いで兄の後を追った。

兄引率の下、王城の中に入る。城門で受け取っていた推薦状を見せるとすんなり入らせてくれた。兄は顔馴染みらしい門番に「可愛い妹さんだな」と気さくに声をかけられていた。

私以外にも推薦状を受け取ったらしい女性がちらほら入城していた。どの女性も綺麗なドレスを着ている。ちなみに私は普段着なのでワンピースに近い質素なドレスである。

推薦状に記されていた侍女としての就任日は本日のため、私以外にも集まった女性たちがいっせいに説明を聞くことになるため、その場で兄とは別れた。

兄から「俺に迷惑かけないように頑張れよ」と何の足しにもならないアドバイスを受けつつ、城内の広場に集まった。

見渡せばわかるが、明らかに侍女を集めるための集いではなかった。私が知っている貴族の女性も中にはいた。見覚えのない女性も数多くいるが、誰もが皆、年が結婚適齢期に近い女性たちばかりだった。

広場で誰かが声を張って説明しようと伝えてくれる。

必死で耳を済ませ、沢山の説明を受けるだけで一日が終わった。

王宮侍女として働き出してから幾日が経って、色々見えて来たものがある。

(想像以上だわ……)

何がって、王宮の腐敗具合が。

広場での説明を終わり、各自担当に分れてから幾日か経ったけれども、この数日で見えてくる王城内の腐りようには目に余るものがある。

まず、かつて大恋愛をしていたグレイ王とティア王妃は不仲状態になっていた。

お互い愛人を囲っている腐れっぷり。

(王という立場であれば側室を迎えても良いけれど、王妃様は本来通用しないよね)

堂々と愛人を囲う状況をよしとしていることに愕然とした。

ローズマリーに「真実の愛をティアは与えてくれたのだ！」とか言っていたグレイ王子はどこに行った。

(それから内政も暗澹(あんたん)としている)

宰相を務める侯爵家と、大臣が集う公爵子爵家との派閥争いが露骨だった。水面下で行われている派閥争いは冷戦状態にも見える。加えて今回の婚約者騒動の意味するところが窺えた。

どこぞの侯爵家の娘を王太子の婚約者にと唱えれば、いやいや別の公爵家の娘がリゼル王子には相応しいとか何とか言っている実情から、侍女による婚約者候補選びなどというとんでもない奇策が生まれたのだろう。

（何のリスクもない私が呼ばれるわけだ……）

立場としては王宮侍女ではあるけれど、実際のところは婚約者候補を集めているらしい城の中には、同じ境遇の令嬢たちによる侍女で溢れていた。

露骨な婚約者紹介をすれば派閥争いに刺激を与え膠着してしまう。けれど静観するには王太子が適齢期を迎えてしまい、結果、現在のような状況を生み出しているのだろう。

各地から招集された子女たちが溢れる王宮で、誰もが侍女という仕事も適当に、王太子にやれお茶を淹れる、王子にお食事を運びたい、お洋服のご準備をと争奪戦が日常茶飯事に行われていて恐ろしい。

私はといえば、そんな争いに関わりたくないメンバーと一緒につつがなく仕事をしていた。人員が増えたのに仕事が増やされたと嘆く従来の侍女の方から仕事を教わり、こうして粛々と仕事をこなしていた。

「婚約者騒動さえなければ最高の職場なのにな――」

私と一緒に書斎を掃除していたタジリア伯爵の四女、ニキ・タジリア令嬢のお喋りが始まった。爵位としては彼女の方が上だけれど、彼女も地方出身ということでお互い意気投合し、こうして仕事の合間にお喋りするぐらい親しくなった。

彼女も婚約者候補を兼ねた侍女として呼び出された一人だけれども、故郷に内緒の恋人がいるらしく、婚約者騒動には参加せず私と一緒に侍女の仕事をしていた。

聞けば四女ということもあり、既に彼女の姉は皆嫁いでおり、仕方なしの数合わせで参加したらしく、彼女の両親も特に王位に興味ないとのことだ。

「王宮の侍女なんて待遇も良いし美味しい食事にもありつけるし。ドレスだって最新の物を見られるし、お休みには観劇だってできるし」

「でも恋人がいないじゃない」

欲望に素直なニキの言葉に笑う。

彼女の恋人は故郷の隊士らしい。

「そうだけど！　せっかくなら今のうちに沢山遊びたいじゃない。子供が生まれたらそんな暇もなくなるだろうし」

私より一つ年下のニキは一七歳になったばかりで、まだまだ遊びたい様子。それでも手を抜かずに仕事をする姿には好感が持てる。

「そういえば王子にはお会いした？」

ニキが窓を拭きながら聞いてきたので首を横に振る。彼女が話題にするのは、この騒ぎに最も苦労されているであろう、ディレシアスの王太子であるリゼル・ディレシアスのことだった。

「初日に遠目から見かけて以来お会いしていないわ」

大勢の名ばかり侍女たちの攻勢から身を守るためか、王子の姿を見かけることはない。

婚約するために王子狙いの息女たちが息巻いて王子を探す姿は、まるで獲物を狙う獣のようで末恐ろしい。

（リゼル王子が不憫だわ……）

実の両親は浮気三昧。婚約を迫る女性たち。

女性嫌いになってもおかしくない状態だろう王子に私は同情したくなった。

元々私としては、ローズマリーの記憶を思い出した今、王宮を訪れることに抵抗はあった。

もし、ローズマリーを断罪した王に会ったら、王妃と顔を合わせたら自分はどうなってしまうのだろうという不安があった。

けれどそれは杞憂に終わった。

遠目から見かけた、生前の婚約者であるグレイ王を見た時は「あれがローズマリーの元婚約者か」程度にしか思わなかった。

顔を見かけて、ああ老けたな、時間が経ったのだなと実感した程度で、恨みや恋慕といった感情は一切生まれなかった。

（ローズマリーは、婚約者のことを愛していなかったのね……）

もし愛していれば恨んだだろうし悔しかっただろう。

出会った時に予感した胸の痛みは全くなかった。

それどころか殺された恨みといったものすらなく、他人事として受け止められたのは、自分の前世のことだというのに驚いた。

ローズマリーはローズマリーであって、私はローズマリーじゃないからなのか。それとも本当に、ローズマリーは彼らに対して遺恨のような気持ちがないのか。

多分後者だろう。妙にそんな答えに辿(たど)り着いて納得した。

それでも、なるべく距離をとりたいのは事実。

縁ある前世の私を弑(しい)した相手に好感を抱くほど愚かではない。

しかも悪政気味な王城内の様を見れば尚更。

ここはさっさと王子には婚約者を見つけてもらって領地に帰りたい。

それまではとにかく目先の仕事に取りかかろうと、私は机を磨く力を更に込めた。

レイナルド・ユベールが一二歳の時に姉であるローズマリー・ユベールは処刑された。

同時に彼の父は侯爵位を剥奪、ユベール領地は一部国に返還され、爵位も降格し子爵となった。

子爵位は長兄が引き継ぎ、政権争いに負けたユベール一族は肩身狭い暮らしを余儀なくされた。

しかし一〇年後、突然の兆しが訪れる。

ディレシアス国の周辺に点在していた小部族が団結し、ディレシアス国の北部を襲撃した。

北部地方を守っていた伯爵は捕縛され、領地は呆気(あっけ)なく奪われることとなった。

北部地方を奪われた当時の国王は、持病が悪化し病床についた。

国王の跡を引き継いだばかりのグレイ王子は、不慣れなままに宰相や伯爵など、仕えている臣下の指示に従い騎士団を派遣し、北部奪還を目指したが事態は長期戦を要した。

兵も民も疲弊し始めた頃、レイナルド・ユベールが一部隊を率いて北部を奪還したのだ。

手腕は鮮やかで、当時北部の砦で攻め合っていた小部族と国王率いる騎士団の衝突中に、諜報部隊と共に敵地に潜入。

レイナルドはディレシアスと非友好的であった隣国の貴族を装い、小部族の組織に対し共闘してディレシアスを攻めたいと交渉を行っていたという。

元々、ディレシアスとは貿易もない隣国と密やかに交易を進めていたらしいレイナルドは、個人的に友好関係を築いた隣国の協力の下に事を進め、隣国の貴族の名を騙り直々に部族の長と立ち会っていた。

部族の長たる相手から信頼を得たところで、部族長の首を獲る。

突然の長の喪失により小部族が混乱を起こしたと同時に、騎士団の第二部隊副隊長の協力の下、小部族の集団を叩き、早々に彼らの陣地を攻め落とした。

結果、北部の砦を中心に土地を奪い返し、協力を仰いだ隣国と協議の後、小部族の土地を按分し合う結果を残した。

その類稀なる功績を表彰し、レイナルドに新爵位と共に北部の領地が授けられた。

ユベールの名を捨てたレイナルドは、レイナルド・ローズと名を新たにした。

その名は、彼の愛した姉の名から取られたことは一目瞭然だった。

一部の貴族は眉をひそめたが、功績を讃えられた彼に口答えする者もなく。

爵位授与の儀式が行われた王城の式典にて、何故(なぜ)その名を付けたと問う王に対し、

「過去の過ちを忘れないためです」

と、レイナルドははっきり告げた。

ある者はその言葉に感動した。

身内の罪を忘れず王家に貢献する姿勢は素晴らしいと。

だが一部の者は知っている。

「王家の過ちを忘れないため」という、彼なりの王家に対する忠告であり、脅迫だと。

その言葉の意図を新たな王は理解できたのかはわからない。

レイナルドの功績と共に讃えられた騎士団第二部隊副将校、アルベルト・マクレーンは昇級し、騎士団副団長に任命される。

そして、先王が崩御し、騎士団総指揮官であった騎士団長が退任すると共に、異例の若さでアルベルトは騎士団長の称号を手にするのである。

現在もなお栄える北部の地を治めるレイナルド・ローズの名は英雄とされ、彼の領地を表す薔薇(ばら)の印章は、王都でも人気を誇る装飾であった。

定期的に交易を行う隣国の知人は、知己の仲であるレイナルドが恐ろしかった。

わざと北部の小部族たちを焚(た)きつけて、自身の国を密やかに混乱に招き入れたことも。

混乱した国を救う英雄の素振りを見せながら、実は国を脅威に追いやった諸悪の根源である

ことも。

その全ての智略を、二三になったばかりの青年が企てたことも。

その全てが恐ろしくて、かといって彼に立ち向かう勇気もなく。ただ粛々と交易を続けていた。

ついに来るべくしてやってきた。

まさか本当にやってくるとは思わなかったけれども。

頭を延々と垂れながら、静かに唾を飲み込んだ。

今、私の目前、至近距離に、ローズマリーであった生前の婚約者であるグレイ王子がいる。

同時にその婚約者を奪った相手であるティアもいる。

しかも、お互い険悪な雰囲気で。

「今日も新しい男のところか。大層な身分じゃないか、ティアよ」

懐かしい声だと思った。ローズマリーの思い出に残る声。だいぶ酒焼けされているけれど、その声は確かにローズマリーの婚約者だったグレイ王子の声だった。

「貴方こそ、また新しい側室でもお作りになるのですか？　どれだけ励んでもお子が生まれないのは、何か問題でもあるのでしょうかね」

ティアの返事も辛辣だった。ローズマリーの記憶にある当時の彼女の声は、もっと可愛らしい声だったはず。

庇護欲そそる美少女だったはずのティアの声には棘が存分に含まれていた。

彼女はああ言うけれども、実際のところ側室の多い王は子供に恵まれず、嫡子はティアとの間に生まれたリゼル王子のみだった。

それが、王妃によって側室から子供が生まれないように手を加えているとか何とか怖い噂も王宮で出回っている。

私を含めた数人の侍女は、ひたすらこの冷え切った夫婦喧嘩が終わるのを、頭を下げて待つしかなかった。

ようやく口論が終わり、二人が立ち去る姿を見送って辺りに安堵の空気が流れた。

「あービックリした。本当に仲がよろしくないのね」

嵐が過ぎ去った後、ニキが思わずといった感じに話しだすため慌ててその口を手で塞いだ。

「駄目よ、ニキ。誰が聞いているかわからないのだから」

フガフガ言うニキに忠告してから手を外す。

「それもそうね。でも残念だわ。私憧れていたのに……」

絵物語になるほど、一時は憧れの存在だった王太子グレイと令嬢ティアの大恋愛ストーリー。

悪女たるローズマリーを断罪し、惹かれ合う二人は困難を乗り越え結ばれる。そして大衆が高らかに祝福を捧げる中で挙式を迎える。

確かそんな感じのストーリーを、名前や設定を僅かに変えた絵物語が一時期出回っていたのだ。

「恋に夢見れなくなっちゃう」

既に恋人がいるのだから夢を見すぎても痛い目にあうのでは？　と思ったけれど、口にはしないでおいた。

「マリーもそう思わない？」

「私は別に……」

「マリーは冷めてる！　貴女、とても人気あるのよ？　どうして恋人作らないいんだって私が聞かれるんだから」

ニキの不満そうな声に、私は苦笑いを返すしかなかった。

今回呼び出された、王太子の婚約者という暗黙の立場を放棄している女性たちは私やニキだけじゃなかった。

彼女たちはそれぞれ身の丈に合った結婚相手を探していた。

王都には立場ある独身男性が多い。

ここぞとばかりにカップル成立、なんていう光景を王城勤めを始めて一月の間に頻繁に見かけている。

ニキの言う通り、男性に声をかけられることもある。

真面目に働いている姿が良き妻にでも見えるのか、または王太子狙いではないとわかりやすいためか、ありがたいことに言い寄ってくれる男性は少なくない。

けれどどうしても気持ちが前向きになれず、はぐらかし続けている。

「誰か目当ての方がいるとか？」

「まさか。そういう気分になれないだけ」

「そうは言うけどさ」

ニキが言いたいこともわかる。

世間の結婚適齢期は一〇代後半から二〇代まで。

私の年齢は一八。

結婚を考え始めるなら今が一番の時期であることはわかっている。

でも、どうしてもその気持ちになれない。

いずれは、と思う気持ちはあるものの、まるで他人事のように考えている。

（ローズマリーの時に懲りているからかも、かな……）

ローズマリーは一六で亡くなるまでの間、婚約者という立場でなかった時間の方が少なかった。

物心つく頃から王太子の婚約者、未来の王妃になるのだと教え込まれ育てられてきた。

挙句の果てに見捨てられた前世の記憶は、殊更同じ女性である今の自分にとってトラウマのような気持ちを生み出しているのかもしれない。

（ローズマリーだって騎士に恋い焦がれる子供だったっていうのに）

騎士の姿を見かけると、ローズマリーが幼い頃に遊んでいた幼馴染みとの思い出が蘇（よみがえ）る。

ローズマリーは王子様より騎士様に憧れを抱いていた。

剣で守ってくれる、忠誠を誓う騎士の絵姿に憧れて、よく幼馴染みの少年や幼い弟に無理強いして騎士ごっこをしていた。

根気よく付き合ってくれていた幼馴染みは、ローズマリーが亡き今も騎士団に所属していることは、働いている間に見かけた騎士団隊士の名簿を見て気づいた。

名簿のトップに書かれた名前を、まるでなぞるように私は声にしていた。

「アルベルト……」

アルベルト・マクレーン。ローズマリーの幼馴染みであり、彼女のただ一人の騎士。

「アルベルト様?」

無意識に出していた声をニキは聞き逃していなかった。

しまった、と思った時にはニキの顔が近づいてきた。

「もしかしてアルベルト・マクレーン様? マリーってば実は年上好き?」

「ち、違う! 違うから!」

頬を真っ赤にして否定しても全く説得力がないことはわかっているけれど、かつての幼馴染みを思い出して名前を呟(つぶや)いてしまった事実に動揺が隠せない。

「アルベルト様っておいくつだったかしら。確か三六よね。まだ独身でいらっしゃるし、騎士団長でしょう? 憧れるのもわかるわ!」

私と恋話ができると思って嬉しいのか、ニキの口がどんどん加速する。

「憧れというか……」

懐かしくて名前を口にしてしまっただけなんだけど。

と、正直に言えるはずもなく。

「マリーったら早く言ってくれれば良かったのに！　アルベルト様がお好きだったなんて！」

ああ、段々話が拗れてきそう……。

反論する暇もなく、ニキの勢いが落ち着くのを待つしかない。

「そうだ！　今ならきっといらっしゃるわ。ねえ、こっちに来て」

突然腕を掴まれるとニキが走り出した。

足がもつれそうになるのを何とか堪えて後に続く。

「危ないわよニキ！　走っちゃ駄目だってば！」

王宮のど真ん中で、侍女が走るとか。

あり得ない、と叫ぼうとした私の口を今度はニキが塞いだ。

「ほら、あそこにいらっしゃるわ」

草むらの陰から様子を窺うニキの視線につられ、その先を見つめる。

連れ出された場所は騎士の鍛錬場だった。中央に建つ王宮からしばらく歩いた先に広く構えた騎士団の建物は広く、私は一度案内されただけで覚えていなかったけれども、ニキはどうやら何度か立ち寄ったことがあるらしい。慣れた様子で騎士団の鍛錬場を覗いている。

目の前には何十人もの騎士たちが剣術の稽古を行う中、私は生前の記憶に見覚えある騎士の姿を見つけた。

（ああ……！）

思わず感動で体が震えた。

変わらない焦茶色の髪色。彼を目にするのは、ローズマリーが亡くなる前のことだった。あれから二〇年経つというのに、私が過去の記憶に知る顔立ちは、記憶に残る面影を残したままだった。

（アルベルトだわ……）

ローズマリーの記憶と感情が溢れ、堪えきれずに涙が目尻に浮かぶ。

鍛えられた体躯（たいく）に凜々（りり）しい出（い）で立ち。ローズマリーとして知る頃よりも伸びた背に、とうに成人し、三〇を超えた男性らしさを持った姿。

騎士団長である勲章が胸元に飾られている彼こそ、ローズマリーの幼馴染みだったアルベルトだ。

マリーとしては初めて会うというのに、懐かしさに感情が昂（たかぶ）った。顔を見られたことに喜びが溢れる。

「泣くほど嬉しいなんて、連れてきた甲斐があったわ」

私の涙に勘違いしたニキが嬉しそうにしている。

勘違いだと否定したかったけれど、それよりも顔を見ることができた喜びに溢れ、何も言えなかった。

ローズマリーの頃は従者だった彼が、今は立場が変わり騎士団長の地位にいる。

私の中に芽生えるローズマリーだった頃の記憶が彼を愛しむ。

かつての婚約者であるグレイ王子に会った先刻には微塵も感じなかった感情が、アルベルトを見ただけでこんなにも嬉しいだなんて、ローズマリーの記憶を思い出してから初めてのことだったかもしれない。

「お顔立ちも良い、地位もある。年齢はちょっと高いけれど美丈夫でいらっしゃるから人気も高いけど、マリーならきっとうまくいくわよ！」

すっかり応援する立場に徹するニキの様子に笑ってしまった。

私がアルベルトを見て感激に溢れる姿を目の当たりにして、彼女の熱意が増してしまったらしい。今更アルベルトに対して恋愛感情を抱いていないとは言えなくなったため、とりあえずありがとう、と言っておいた。実際に顔を見られる機会を与えてくれたのは、紛れもなく彼女のおかげなのだから。

「誰かいるのか」

ニキと話している間に、いつの間にかアルベルトが目の前に立っていた。

気配を察したらしい彼が不審に思って様子を見に来たらしい。会話に集中していたせいか、全く気がつかなかった。もしくは気配を消してアルベルトが近づいてきたのかもしれない。彼ならば容易い行動だろう。

私は慌てて彼に頭を下げた。

「訓練中にお邪魔をしてしまい申し訳ございません！」

急いでお詫びをすると、ニキも慌てて頭を下げた。

「王宮の侍女殿が何か御用ですか？」

警戒が抜けないためか、先ほどよりは穏やかな言い方ではあったものの、冷たい声色で聞いてきた。記憶に残る声質は以前と変わらない。

ただ、覚えている若い頃のアルベルトよりもテノールが利いた声だった。

どう返すべきか考えていたところで、ニキが詰め寄った。

「あの、私たち騎士団の皆様のお手伝いをしたいと思い、こちらでお待ちしておりました！」

は？

この子は、ニキは一体何を言ってるの？

この時。

多分アルベルトと私は、全く同じ顔をしてニキを見ていただろう。

当のニキといえば。

（その「私に任せて」って顔は何なの？）

ニコニコと微笑みながら私とアルベルトを並べ見ていた。

「アルベルト様！　どうか私たちを騎士団の侍女としてお雇いいただけませんか？」

行動力ある女性は素晴らしいと思う私だったけれど。

この時ばかりは無鉄砲な友人の行動力に呆れてものも言えなかった。

「お願いよ、レイナルド。貴方だけでも幸せになって」

レイナルドの愛する姉は鉄格子の向こうから手を差し伸べながらそう告げた。

「無理です、姉様」

姉の手を取り、細くなった指先に口付ける。

貴女がいないのに幸せになんてなれるはずがない。何度も告げた想いを改めて告げると、彼女は悲しそうに顔を横に振った。

「レイナルド、お願いよ」

弱々しい声色の姉様。愛しいローズマリー姉様。

「父様もじきに裁かれるでしょう。貴方だけでも巻き込まれないで」

父なんて、あの男なんてどうなっても良い。

大切な姉にこんな惨(むご)たらしい仕打ちをした男など、父親と思うだけで虫唾(むしず)が走る。

「姉様のお側(そば)にいます」

「お願い。どうか早まらないで」

悲痛な姉の叫び。

姉の願いなら何でも叶(かな)えたかったが、それだけは受け入れられない。

姉に置いていかれるなら、いっそ一緒に死んでしまいたい。

そんな想(おも)いを感じているからこそ、姉は必死になってレイナルドを止める。

姉であるローズマリーはレイナルドにとって唯一の肉親であり、唯一の支えだ。

母違いの姉は、生まれてすぐに実の母から見捨てられたレイナルドを誰よりも愛してくれた。

父は長兄を跡継ぎとして、長女を王太子の婚約者として使い、レイナルドをただの保険として扱った。兄に何かあった時のための保険。

愛情が欲しかった幼い頃のレイナルドに手を差し伸べてくれたのは、姉であるローズマリーただ一人だった。

その姉が父に利用され、婚約者に裏切られ、冷え切った牢獄に閉じ込められているというのに。

救い出すことすらできない己が不甲斐なさすぎてレイナルドは己に嫌気が差していた。

「レイナルド」

ローズマリーは、涙に濡(ぬ)れるレイナルドの頬に触れた。

「大丈夫よ。私はいつも貴方の傍(そば)にいるわ」

その言葉は、いつも夜泣きしていたレイナルドに付き合ってくれた姉の口癖だった。

『おやすみなさい、レイナルド。姉様はいつも貴方の傍にいるわ』

寂しさに泣いて過ごす夜を、いつも彼女はそう言って頬を撫でてくれた。

「……っ…いや、です……姉様……」

涙が溢れて止まらない。

どうか置いていかないで。

貴女を誰よりも愛しているのです。

姉様。ローズマリー姉様。

レイナルドの頬を、涙が伝った。その涙の感覚だけが嫌に鮮明で、レイナルドは己が夢の中にいることに気づく。目の前にいたはずの姉が遠く霞(かす)んでいく。夢の中でしか会えないローズマリー。

せめて夢の中だけでも、姉を見ていたいというのに。

レイナルドは寝台から起き上がり、痛む頭を押えながら傍机(そばづくえ)から水瓶を持ち上げ、コップに水を注ぎ飲み干した。

一〇年以上前の記憶は今でもレイナルドを蝕(むしば)み、そして慈しむ。

外出用のガウンを羽織り、毎日欠かさず執事によって用意された花束を手に取り寝室を後にした。

最低限の召使いのみを雇った北部の古城にレイナルドは住んでいた。

レイナルドが領地を構えて数年が経った今、彼にとっての故郷は今住むローズ領だった。王都での仕事がなければ、常に本城で過ごすことが多いレイナルドには毎朝の日課がある。今朝もまた、いつもと同じように花束を持って屋敷の廊下を進む。

屋敷から外れた建物の扉前に立ち鍵を開ける。薔薇模様の紋章を刻む建物の地下に燭台(しょくだい)を灯(とも)し歩き出す。

ヒヤリとした冷気がレイナルドを包む。

地下にはローズマリーの遺体が眠っていた。

城に仕える者には慰霊碑であることは知られているが、誰が眠っているかなどの素性を知らせていない。その墓前にレイナルドは毎日必ず花を添えている。

「おはようございます、姉様」

姉を模した石像の下には棺(ひつぎ)がある。彼女が処刑された後の遺体をアルベルトと共に盗み出し、レイナルドはしばらく彼女の棺を別荘に隠し過ごしていた。その後、ローズ領を得た際に慰霊碑の建物を築き、それ以来彼女をこの地に眠らせている。

昨日供えた花を横にどかし、新たな花を供える。

レイナルドにとって姉に会うことは日課であり儀式でもあった。

「姉様。貴女を殺した奴らをどうやって懲らしめたいですか？」

毎日挨拶と共に尋ねる。

「同じように絞首刑にしましょうか。それとも斬首刑？　囚人として強制労働に服役させるのも悪くはありません」

つらつらと復讐方法を提案するレイナルドの表情は子供のようにあどけなかった。

普段、冷徹な印象を持たせる氷の公爵と呼ばれているレイナルド・ローズを知っている者ならば誰もが驚愕するだろう。

「ようやく準備も整ってきたので、あとは方法を決めるだけなのですが……」

ふむと、レイナルドは顎に手を添えた。

「どの手段だと姉様が喜ぶのかが思い浮かばないのです。何より、ひと思いに済ませてしまうのも味気ないですし」

仮にも手を下す予定の相手は王族。

準備を整えるのに二〇年もかかってしまった。

どうせなら長く痛めつけてやりたい。

長い期間にわたり、姉を苦しめてきた罪を裁いてしまいたい。

遠くから刻限を告げる鐘の音が聞こえる。

「時間ですね。また参ります」

恭しくお辞儀をしてからレイナルドは墓前を後にした。

レイナルドの耳に鐘が鳴り響く。

処刑を告げる鐘の音は、今でも彼の耳にこびりついて離れない。

涙を流してレイナルドの名を呼ぼうとし、声もろくに出せず処刑された姉の姿と共に、レイナルドの記憶の中で永遠に繰り返される光景。

それでも最期の瞬間に笑った姉が何を思い描いたのかは、繰り返し思い出してもわからなかった。

◇

「まさか本当になるなんて……」

「言ってみるものね」

私とニキが立っている場所は、先日覗いていた騎士団の訓練所だった。

ニキの侍女として雇ってほしいという要望をアルベルトは、とんでもないことに承諾した。

「ちょうど良かった。最近騎士団は野蛮だと言われて侍女に辞められたところなんだ」

間髪入れず返答し、アルベルトは王宮侍女を取りまとめていた武官に、その日のうちに相談していた。

私とニキの素性から、別に婚約者候補から除外しても良いと思ったのだろう、あっさり許可が下りた。

元々王宮内に侍女が溢れている事実は、王宮内外から不満の声が上がっていたらしい。相変わらず混乱に満ちた王宮内では今でも婚約者騒動で賑わいを見せている。

「よろしく頼む」

既に警戒心も解けたらしいアルベルトの表情は固いながらも優しい笑みを浮かべていて。

「はい！　お任せください」

ニコニコ微笑むニキの隣とアルベルトの傍で私は黙り俯いていた。

アルベルトに気づかれることなどないというのは承知だけれども、前世の幼馴染みで、かつローズマリーと主従関係にあったアルベルトに対して、どう接して良いかわからなかった。

そっと顔を上げてアルベルトを眺める。

焦茶色の髪は短く切り揃えられている。切れ長のまなじりは、愛想が悪いとよく言われていた。

無骨な印象を思わせるアルベルトだったけれど、接してみれば優しく、声を荒らげるような粗野な姿を見たことはなかった。

王宮で王子の婚約者として生活をしていた時、まだ騎士見習いだったアルベルトの元に足を運ぶことがあった。

その頃から直向き(ひたむき)に剣の稽古をつけ、同期の中から群を抜いて実力を持っていたことを覚えている。

「どうした?」

眺めすぎていたせいで、アルベルトに声をかけられてしまった。

「マ、マリー・エディグマと申します。よろしくお願いします」

慌てて頭を下げた。

隣でニキがニヤついている気配がする。

見惚れていたんでしょ、とばかりに。違うのに。いや、違くはないけど。

「マリー……」

独り言のようにアルベルトが名を呼んだ。そして顔を覗かれる。目が合うだけで緊張が走る。

しばらく見つめられていたものの、緊張が解けたようにアルベルトは笑顔を浮かべた。

「失礼した。……よろしく頼む。エディグマ嬢」

「はい」

こうして私は、騎士団の侍女として働くことになった。

騎士団鍛錬場を中心に王宮内での騎士団の建物は広い。

独身の騎士たちが住む騎士団寮、作戦や事務業務などを行う執務室のある建物、騎士が待機するための詰所、そして鍛えるための鍛錬場。

騎士団寮は独身寮となるため女性は立入禁止とされており侍女の仕事はない。ニキや私が働く場所は主に詰所と執務室、鍛錬場だった。

「今日はアルベルト様が執務室にいらっしゃるみたいだから、マリーは執務室の仕事をよろしくね！」

嬉しそうに鍛錬場に向かうニキにはもう何も言うまい。

私は大人しく執務室に向かい、仕事を始めることにした。


「エディグマ嬢。今日もよろしく頼む」

「はい」

執務室の扉を叩いて中に入ればアルベルト……否、マクレーン様がいらっしゃった。

前世の記憶が強いため、彼を見るとアルベルトと彼の名を思い出していたが、そもそも現在立場は彼の方が上。思わず名前を言いだしかねないため、常日頃から敬称で呼びかけることにしている。

「マクレーン様、お茶をお淹れしましょうか」

「ああ」

書類整理を行う彼の息抜きになるようお茶の支度を進める。

（ローズマリーが王宮勤めしている時、よく一緒に息抜きに飲んでいたお茶にしてみたけど。まだ好きかしら）

彼が柑橘系のお茶を好んでいた昔を思い出し、私は柑橘系の茶葉を用意した。

事務仕事が好きではないようで、常に書類を見ては眉間に皺を寄せている。

少しでも疲れが取れれば良いが。

「どうぞ」

「オレンジの香りだな。ありがとう」

僅かに口角を上げて応えてくれた。

「お口に合えば良いのですが」

「柑橘系の茶は好きなんだ。久しぶりに飲んだよ」

懐かしいと思うのは私だけじゃなかった。

少し満たされるような気持ちを胸に秘めながら、私は頭を下げた。

（アルベ……マクレーン様の好みが変わってなくて良かった）

今度は彼が以前好きだったカシューナッツ入りのパンケーキを作ってみても良いかもしれない。

私はローズマリーだった頃の情景を思い出して、ほんの少し感傷に浸りながらも、嬉しい気持ちを隠しながら騎士団長を務める前世の幼馴染みの姿を見つめていた。ひどく甘い感傷に浸るも、私は侍女らしく頭を下げて扉に向かう。

執務室を退室し、喜んでくれたことに浮かれ気分で廊下を歩いていると、少し離れた場所で青年が佇（たたず）んでいた。

「どうされました？」

騎士団内にいるため騎士の一人だろうと思うものの、どうにも様子が異なるようで思わず声をかけてみた。

深々と目元まで隠した帽子を被っているため顔はよく見えないけれど、私と同年代ぐらいに見える。

青年は、声をかけてきた私の方を向き直し、よそよそしい態度を見せてきたので、余計に訝（いぶか）しんでしまった。

挙動不審すぎる。

人を呼んだ方がいいかしらと、辺りに誰かいないかそっと視線を流す。

「すみません、怪しい者ではないのですが」

私の視線から考えを感じ取ったらしい。十分に怪しい発言をして自身の不審さを余計に印象付けていた。本人も言った後に後悔した様子だったので、私はほんの少しだけ警戒を弱めた。

男性の声が思った以上に穏やかな声質のためでもある。不審な者であれば声のトーンで多少なりとも感じるものがあるけれど、彼からは叱られる前の子供らしさも感じられた。

改めて目の前の人を見た。私より少し高い背、顔が隠れているけれどやはり年は同じぐらい。身体つきは良さそうだけれども騎士ではなさそう。

「どなたかに御用でしょうか」

「はい」

意思が込められた返答だった。

よく見れば装いが貴族とわかる。

上質なシルクのシャツ。細く長い脚を隠す黒生地のズボンは見えない箇所に刺繍（ししゅう）がある。

軽装ながら彼の身分が高いことがわかった。

「よろしければご案内いたします。失礼ですがお名前をお聞きしても？」

貴族であれば礼儀も重んじる。失礼のないように振る舞いつつも、相手の素性を判明させようと声をかけたところで、背後から扉の開く音がした。

振り向くとさっきまで一緒にいたマクレーン様が立っていた。部屋の近くで長く話をしていたためか、気にして出てきてくれたのかもしれない。

私と青年を見ると、驚いた顔で近づいてきた。

「リゼル王子。何故こちらにいらっしゃっているのです」

リゼル王子。

え。リゼル王子って言った？

思わず呼ばれた青年に目を向けた。

彼は、少し困ったように口元を苦笑させながら帽子をゆっくりと持ち上げた。

ローズマリーを長い間縛り、そして裏切った婚約者と同じ青い瞳をした青年。

リゼル王子がその場に立っていた。

リゼル・ディレシアスの父は国王だった。

グレイ・ディレシアス。母の名前はティア。

リゼルは国で唯一である国王の嫡男として、それはもう大切に育てられた。

傀儡（かいらい）のように大切に。

甘やかされ、王になるのだと幾人の大人たちが囁く中、無知で傲慢な人格にならなかったのは、数少ない心を許せる大人がいたからだ。

リゼルが信頼を寄せる人物は二人いた。

一人が王子の護衛として傍にいたアルベルト・マクレーン騎士団長だった。

王たる者、周りの意見に振り回されてはならない。

王になるのであれば、民を慮（おもんぱか）らなければならない。

王子だからといって全てが許されるわけではない。

時に厳しく導いてくれたおかげで、周囲の大人がいかに都合のよい言葉を投げてきたのかわかるようになった。

また、騎士として剣の指導者でもあったアルベルトをリゼルは師のように尊敬していた。剣技にも優れた努力家であるアルベルトは幼い頃からリゼルにとって憧れの存在である。

もう一人がレイナルド・ローズ公爵。

彼は、リゼルの両親に毛嫌いされているせいか王宮内で会うことはほとんどなかったが、しばらく学問を学ぶために留学していた先で知り合った。

正直初めて会った時は、その鋭利な視線が怖かったが、彼から学ぶことは多く、話を聞くうちに打ち解けた。

少なくともリゼルはそう思っている。

リゼルが九歳の頃、レイナルドは国で大きな功績をあげた。北部地方で起きた小部族の争いをほとんど一人で終息させた。その場には師と呼んでいたアルベルトの協力もあり、その功績からレイナルドは新たな爵位と領地を授けられていた。

領地を授けられてから群を抜いて領地を潤わせ、資金繰りに悩む王国の救済をする彼の手腕には憧れしかなかった。

そんな貢献を見せるローズ公爵に対し、リゼルの両親の態度はいつも冷ややかで、余計にリゼルとの親子関係に溝を生み出した。

夫婦仲が悪く、家族らしい思い出が全くない両親について何も感じる気持ちはない。

むしろ悪政に拍車をかける両親が恥ずかしく、自分に何かできないか試行錯誤しているところだが、若輩なためか耳を傾ける者は少ない。

「まだ時期尚早ですよ、王子」

リゼルの行動を一蹴するレイナルド公爵の言葉に反論もできない。

リゼル自身、自分には王たるカリスマも実力も不足していることは痛感していた。

何より、王になるより騎士に憧れた。

アルベルトのように強くなりたい。

そう言ってはアルベルトを困らせていた。

せめて騎士になれないのであれば、憧れであるアルベルトに忠誠を誓ってくれないかと頼んだことがあった。彼が側にいてくれれば心強いからだ。

しかしすぐに断られた。

「自分には既に忠誠を誓った方いますので」と。

それが誰のことか聞いたが答えてくれなかった。

リゼルは勝手にレイナルドだろうと考えている。

彼とレイナルドは、時折秘密裏に会っていることを身近で過ごしていたため知っている。聞けば幼少の頃より顔見知りであり、同じ地で過ごした旧知の仲だったらしい。

しかしそのことを普段から口にしないでほしいと忠告された。それは、王家に仕えるアルベルトの立場を悪くするだろうと。たとえ暗黙に知られていることだろうとも、敢(あ)えて公に口にすべきことではないと教わった。

リゼルにはわからないことが多い。

政治も、人心も、家族の絆(きずな)も。

幼く無知であるならば学ぼう。

書物や教師から教わる内容だけではわからないことは直に見聞すべきだ。

臣下たちの反対をよそに各地を歩き回ることもあった。市井の声を直に聞くようにもした。

知識を深めれば深めるほど、父や母の愚行が恥ずかしかった。

父は臣下に政治の全責任を押し付け、母は城内でパーティを開き散財し尽くす。

どちらも異性を連れ込む姿を思春期に目の当たりにしたリゼルは、絶対に親のようなことはしないと誓っている。どこか異性との恋愛にも嫌悪を示してしまうのも、両親の影響と、誰もがリゼルを王子としてしか見ていないことを聡い王子は理解しているからだ。

王子として見られることは致し方ないと理解している。政略的な結婚が当然な立場であることはわかっているつもりだった。それでも、いくら理解しているからといって感情まで従わせるにはリゼルはまだ幼かった。いっそ父のように幼少の頃から婚約者がいれば割り切っていたのだろうか。

父には幼い頃から婚約者がいた。それは、母ではない別の女性だった。

ユベール侯爵の娘、ローズマリー・ユベール嬢。リゼルが信頼をおくレイナルドの異母姉。

当時、政力を野心から狙うユベール侯爵の行動は直情的ではあったが、それでも国を発展させるというところにおいては抜きん出て実力があった。

侯爵の娘と王子の婚約により、彼の政治力はより確固としたものになるはずだった。

しかし歴史は保守派であり国王の相談役であったダンゼス伯爵が、子女を父の侍女にしたことから物事は大きく動き出した。

ダンゼス伯爵の娘、ティア・ダンゼス。

つまりはリゼルの母が父の侍女として勤めたのだ。

リゼルの母は、見目はとても庇護欲が芽生える容姿をしている。

年齢よりも幼い顔立ち、高いソプラノ声。身長も平均より小さい。恐らくは男性が守りたいと思える要素を全て兼ね備えていた。

父が接している間に母に対し恋心が芽生え、当時悪評高まっていたローズマリー・ユベール嬢を謁見の間で断罪し、遂には令嬢が激昂しリゼルの母を殺害しようとして捕縛された。最後は絞首刑にあったと教わった。そして当時、政権を強く担っていたユベール侯爵も不正を暴かれ爵位を落とし領地も一部没収され、政治の場から姿を消した。

この、激動の両親の逸話は話すことを禁じられている。

リゼル自身、親から聞いたのではなく、国の記録が書かれた文書と教師から秘密裏に教わった。当時、噂で聞いたユベール侯爵やローズマリー嬢について、教えてほしいと教師にしつこく質問したリゼルに対し、絶対に口外してはならないと約束の上で教えてくれた。だが教わったのはあくまで概要で、より詳しく知りたいと思いリゼルは独自に文献を探した。

文献も、図書庫の奥深く隠されるような場所にひっそりと置かれており、詳細を知ったのは一八の頃だった。

一度だけレイナルド・ローズ公爵に彼の姉について尋ねたことがあった。真実はどうだったのか知りたさ故の、今思えば愚かな行動だった。

彼は普段から氷の公爵と揶揄（やゆ）されることがあったが、その名を凌（しの）ぐような鋭い視線でリゼルを刺し。

もう二度とその話をするな。

たった一言。そう告げられた。

以来、恐ろしくて口にしたこともない。

二年前、軽々しく口にしたリゼルが猛省したのは言うまでもない。

絵本にも悪女として描かれる元侯爵令嬢のローズマリー。

リゼルが信頼するレイナルド公爵の姉にして、かつての父の婚約者。

（どのような御方だったのだろう……）

リゼルには想像することしか許されなかった。彼女の様子を描くような文献は何一つ残されていなかったのだから。

目の前で不審人物だと思っていた方に対し、リゼル王子と言いました?

マクレーン様の言葉に私は耳を疑った。

何故、今このような騎士団の所有地に王子がいるのだろう。

（ああ、でもよく見ればグレイ王子に似ていらっしゃるわ）

ローズマリーの思い出の中で、婚約者だったグレイ王子やティア嬢の顔立ちが彼と重なった。どこか面影がある。

特に王家の象徴たる青い瞳はサファイアのようにきらめく光を灯している。

微かに赤みを帯びた長髪を一つに束ねている。髪の色は母親似のようだ。

「アルベルト。急な訪問申し訳ない。その、どうか匿ってもらえないだろうか」

帽子を持つ手がギュッと力を込められる。

困惑気味な青い瞳が訴える姿を見ると、あの母にしてこの子ありだ。

守ってあげたいような欲求が私にも芽生えてきてしまう……！

「…………どうぞこちらへ。エディグマ嬢、お茶を頼めるか？」

はあ、と大きな吐息をしてから、マクレーン様がリゼル王子を執務室にお連れした。

私は言われた通りお茶を用意するために足を急がせた。

取ってきたポットと茶葉を手際良く用意しながらカップに紅茶を注いだ。

給仕室には「マクレーン様のお客様用です」と告げれば、ついでにクッキーまで用意してくれた。

誰が客とは伝えていないが、給仕室の者には素性がわかっているらしい。

つまり、リゼル王子が訪れるのは常習ということだ。

執務室に戻り、入室するとリゼル王子は執務室の来客用ソファに座っていた。向かいのソファにはマクレーン様が座られている。

「新しい侍女だね」

お茶を二人に出すと、リゼル王子が私に声をかけてきてくれた。

慌てて姿勢を正しく深くお辞儀する。

「マリー・エディグマと申します。先ほどは無礼な発言、失礼いたしました」

「いや、こちらこそ不審だっただろう。それにもかかわらず丁寧に対応してくれた。どうもありがとう。リゼル・ディレシアスだ。あまりかしこまらずにいてくれると嬉しい。今後もこうしてアルベルトに訪問する機会も多いのでね」

「その機会はどうか減らしてください。王子」

「手厳しいな」

マクレーン様の発言に王子が苦笑した。

礼節正しいリゼル王子の発言に私は少し……いや、だいぶ驚いた。

(しっかりしていらっしゃるわ)

少なくとも生前お付き合いしていたグレイ王子より全っ然まともだ。

立場関係なく相手を見下さず、礼儀を欠かない姿勢だけで好感を抱かせる。

「それで？　王子は何故こちらにいらしたのですか。貴方には城を離れないでくれと文官から散々言われているのではありませんか？」

「だからだよ。あんな窮屈な城の中にいたら息が詰まる」

グイッと一気に紅茶を飲む様子は、少し苛々しているようだった。

（まあ、無理もないよね。あれだけ大量の婚約者狙いの侍女がいればね……）

ハイエナに食べられておいでと言っているようなものだ。

「でしたらさっさと婚約者でもお決めになれば良いでしょう」

執務室机に置かれた書類から目線を外さずにマクレーン様が指摘する。

「未だ独身のマクレーン卿にだけは言われたくないよ」

クッキーを一つ手に取り王子が口に放り込む。

「君も一ついかが？」

もう一つ手にして私に向けてくれたが、丁重にお断りした。

「申し訳ございません。仕事中ですのでお気持ちだけで十分です」

「真面目だね」

無邪気に笑う。

うーん人たらしだな。

ティア妃の魅力は十分彼に受け継がれたらしい。

悪い方向に伸びないことを願いたい。

「婚約者のことは考えていないわけじゃないよ。ただ、僕は父や母のようなことにはなりたくないから慎重に考えたいんだ」

「そうですね。これ以上国費を無駄にされたくはありませんから」

王子に対し、堂々と彼の両親に対し暴言を告げるマクレーン様に驚いたけれど、彼らにとってはどうやら日常的な会話らしく、問題なく続けられた。

「今更弟や妹が生まれたなんて話になったら余計混乱をきたすからな。父と母に節度ある行動をしてもらいたいが」

「だからこそ、王子に早く結婚をしていただきたいと文官も強硬手段に及んでいるのですよ」

マクレーン様の言う強硬手段とは、今回の侍女登用騒動のことだろう。

「父と同じ過ちをおかせと言うのか」

剣呑(けんのん)としたリゼル王子の態度から、ティア妃が侍女だったのを知っていることに気づいた。

ローズマリーの記憶にも残っている。

ティアが初めてローズマリーの前に現れた日のことを。

侍女らしからぬ態度でローズマリーだった私にお辞儀をした口元は笑っていた。

控えめな目線の先に侮蔑の感情があった。

ローズマリーがティアに対し危険を察した頃には、既にグレイ王子は陥落しており、何を言っても無駄な状態にまで堕(お)ちていた。

もう少し早く行動すれば何か変わっていたのだろうか。

なんて考えても仕方がないこと。

「僕は父のような過ちはおかしたくない」

父のように侍女を気に入り婚約者にしたくないと、そう聞こえてきた。

それには私も少し疑問が浮かび上がる。

「リゼル王子。恐れながら発言してもよろしいでしょうか」

差し出がましいかもしれないが、かつての当事者としては忠告しておいた方が王子のためになるのではと思い、言葉を待つ。

彼から発言を許諾されなければ口を閉ざすつもりだ。

王子は、厚かましくも発言してきた私に対し不快な顔もせず、不思議そうにこちらを向いた。むしろマクレーン様の方が驚いた様子だった。

「構わないよ」

「ありがとうございます」

深く礼を告げてから、改めて王子を見つめた。

「御父上の過ちというのは、侍女の立場にある女性と懇意ある関係になることを言っているのでしょうか」

私はそう思わない。

グレイ王子の行動で、何が過ちかというのならば一つだ。

「それとも、婚約者がいる立場でありながら、別の女性と懇意になったことをおっしゃっているのでしょうか」

「そうだね。どちらも当てはまると思っているけれど……君は違うと言うのかい？」

「はい」

グレイ王子、かつての婚約者の過ち。

それは。

「王族という立場でありながら、自身が起こす行動がどのような結果になるか、考えもせずに行動したことが過ちであると思いました」

ローズマリーは何度もグレイ王子に伝えていた。

『グレイ王子。どうか考え直してくださいませ。ティア嬢と添い遂げたいのであれば、耳を傾けてください』

ティアとの恋を阻害するためではなく。彼自身、王子として相応しい行動をするよう、何度も何度も。

けれども一切言葉は通じなかった。

『黙れ！　俺とティアの間を引き裂きたいだけだろう！』

『いいえ、そのようなことはいたしません。だからどうか、話を聞いてください』

彼の行動一つで、王政は大きく変動する。

実の父の立場が綻び、保守派であったダンゼス伯爵の発言が強まるだろう。

更には中立派との関係に亀裂が及ぶ。ユベール侯爵の発言が強い現在、婚約破棄によって均衡を保っていた天秤が揺らいでしまう。

だからこそ、事を穏便に済まさなければならない。

『このまま続けてしまっては私の父が黙っていません。どうか一度ダンゼス伯爵と私の父との話し合いの場を設けさせてください』

『ふざけるな！　その場でティアを陥れるかもしれないユベール侯爵を連れてくるなど』

『お願いします、王子。ユベールに住む民にも慈悲を与えてくださいませ！』

政権が揺れれば、その管理された領地への影響も些細では済まない。

グレイ王子が忌々しげにローズマリーの手を払い、足早に廊下を進む。

『グレイ王子！　どうか……！』

ローズマリーの悲痛な叫びは、彼女が亡くなっても尚、聞き届けられることはなかった。

彼女の記憶に残されたグレイ王子の背中に、ローズマリーの叫びに私は胸が痛んだ。過去の出来事はやり直すことができないけれども。

今なら変えられる。

「見識あるリゼル様であれば、きっと問題ございません。どうか私たち民のためにも良き婚約者をお選びくださいませ」

彼ならグレイ王子のような過ちはおかさないだろうと信じて笑ってみせた。

ローズマリーの時には届かなかった願いを託すような形になってしまうけれども、リゼル王子を信じてみたいと思った。

「…………………」

王子は、茫然と私を見ていた。

「あの、王子……？」

不躾に言いすぎただろうか。

何の返事もないので不安になってきた。

やっぱり差し出がましかったのかもしれない。

「失礼なことを申しました。申し訳ございま……」

「マリー・エディグマ嬢」

ようやく王子の声がしたので、ほっとして見上げたら。

王子が真っ赤になった顔のままこちらを見ていた。

赤らんだ顔には不釣り合いなほどに、サファイアの瞳がキラキラと輝いていた。

「あのっ。マリーと、呼んでもいい、かな……？」

見慣れない熱視線から。

庇護欲掻き立てられる御顔から。

どうにも私は、あまりよろしくない結果を残したようだった。

◇

アルベルトが騎士団長に就任してからしばらく経った時のこと。

アルベルトはレイナルドのことを考えていた。

共にローズマリーを助けようと誓い合ってから一〇年以上経った今、レイナルドが何を考え行動しているのかアルベルトにはわからなかったからだ。

彼の姉であり、自身が忠誠を誓ったローズマリーを騙し処刑したディレシアスという国に、アルベルトは何の情も湧いていなかった。

それどころか憎む対象ですらある。

しかし、レイナルドがアルベルトに対して指示してくる内容は、いつも不可解だった。

『引き続き騎士団に所属していてくれ。いずれ力を貸してもらう時が来る』

ローズマリーが処刑され、退団を考えている時に言われた言葉。

数年後、北部領地奪還のためにアルベルトが統括していた部隊と共にレイナルドに協力した。

結果功績をあげ、こうして騎士団長にまで就任した。

『リゼル王子の助けになってやってくれ。彼から信頼を得るんだ』

護衛騎士として接し、傀儡になりかけていたリゼル王子。

レイナルドに言われ、目にかけるようにした。

まだ子供で、知識を吸い込むように覚えていく王子に対し、自分の意思を持つよう指導した。

そして、国を治める者が持つべき思想を教えた。ローズマリーが話していた思想を。

彼女を裏切った者たちの子息に、彼女の考えを教える。

アルベルトにとってその行為は復讐とも言えた。

同時に、ローズマリーの本懐のようにも思えた。彼女ならアルベルトの行為を良しとするだろうと。

結果、アルベルトはリゼル王子から信頼を得た。

リゼル王子の素直さや純粋に慕ってくる姿に、子供に罪はないのだと割り切った。

その頃にはアルベルト自身もリゼル王子に対し、情が湧いていた。たとえ彼の両親を殺したいほど憎んでいたとしても、リゼル王子自身に罪がないことは事実。

だが、恐らくレイナルドはそう考えていない。

表面上では王子を擁護するように見えているが本心は別にある。

これまで守れと告げた王子すら手駒にし、復讐を練っているのだろうと思う。

レイナルドの復讐はアルベルトの復讐でもある。

しかし、接するうちに情が湧いてしまったリゼル王子を殺せと言われたら、彼に剣を向けることができるのだろうか。

アルベルトの忠誠も心もローズマリーに向けられている。

もし、彼女がこの場にいて「リゼル王子を殺して」と命じれば、躊躇(ちゅうちょ)したとしても実行したかもしれない。

(けれど彼女はそんな命令をしたりしない)

裏切られ殺された彼女が、罪のない子供に対し刃(やいば)を向けろと命令する姿がアルベルトには考えつかなかった。

幼い頃から王妃になることを決められたローズマリー。

私情を殺し、領民を想い、時々騎士に憧れていた少女。

彼女がもし今生きていたならば何を想うだろう。

アルベルトの胸が疼くと同時にひどい痛みが伴う。彼女を考える時はいつも悔恨から胸が痛んだ。彼女ならば復讐などやめて未来を生きてほしいと願うだろう。

しかし、それでも。

たとえ彼女が復讐を望まなかったとしても。

アルベルト自身は復讐をやめることができない。

ローズマリーが絞首台でぶら下がる姿を見た時に生まれた仄暗い復讐の炎は、今もアルベルトの中で燻り続けている。

永遠に消えることのない怒りの炎。

(俺は王と王妃を許さない)

ローズマリーを傷つけ、彼女を見殺しにした二人をアルベルトは許さない。

たとえ騎士は国を護るために存在するとしても、アルベルトの忠誠は未だローズマリーにある。

度重なる国王や臣下たちから推薦される見合いの書状は全て断っている。

復讐を遂げようとする者に家族は要らない。

国王や彼の側近は、ローズマリーに傾倒していたアルベルトに対して反乱する意思を懸念しているのだろう。たびたび女性を紹介されるが、アルベルトは丁重に断っていた。

なるべくローズマリーに情を持っていないように振る舞ってはいるが、幼少の頃から顔見知りだったことは周知の事実であることも確かだ。

引き続き騎士団に所属し、国から信頼を得てほしい。王子の信頼を得てほしいと告げたのはレイナルドだったが、アルベルトはその理由も何も知らない。

智略は幼いながら天才と呼ばれていたレイナルドに任せている。

アルベルトにできることといえば、ローズマリーのために剣を捧げることぐらいだった。

彼女が護りたいと思った民を護ることは、ローズマリーに忠誠を誓うことと同義であると考えている。

国のためではなく民のために。

彼女のことを想い出し剣を振るうしか能がないとアルベルトは思っている。

しかしレイナルドは違う。

アルベルトには、レイナルドの考えがわからない。

彼は復讐を全うするために生き長らえているように見える。実際そうなのかもしれない。

復讐を遂げた時、レイナルドはどうなってしまうのだろう。

命を絶つのかもしれない。

(お前はどうなんだ? アルベルト)

復讐を遂げたらどうするつもりだ。

自身の問いに返す言葉はない。何故ならアルベルト自身にもわからないからだ。

もう、一〇年以上も復讐することだけを考えて生きてきた今。

何に喜びを見出していたのかをも思い出せず。

呪縛のように生きているのは、アルベルトも同じだった。

❖

さて、問題です。

貴女は前世で殺されてしまいました。

生まれ変わった貴女の前に、前世で貴女を殺した犯人の子供が現れました。

その子供が貴女にプロポーズをしてきました。

さて、貴女は何と応えるでしょう?

(ないない)

現実逃避している思考に私は心の中でツッコミを入れた。

リゼル王子の迷走に付き合わされてからどれだけ時間が経過したかわからない。

呆然としている間に王子は退室していた。

今部屋にいるのは、呆然と突っ立っていた私を座らせてくださったマクレーン様と、何が起きたかまだ理解しきれていない私。

何がどう転がったのかわからないけれど、リゼル王子が私に好意を持った……らしい。

本当に何故そうなったのかはわからない。

恐らく刷り込み、というものだろうか。

（初めて注意してきた女性だからとかかな）

先生に憧れる生徒とか、そんな感じ？

私の方が年下なんだけど。

騎士団執務室で行われた告白のような発言の後、リゼル王子は頬を真っ赤にして告げてきた。

「急なことで信じてもらえないだろうが、貴女の言葉と強い意志に惹かれた……もっと貴女を知りたいと思うのは我が儘だろうか」

「あ……ありがたいお話ですが、王子は婚約者をお選びになる大事な時期です」

至極丁寧にかわそうと試みる。

「だからこそ貴女の言葉に僕は耳を傾け、貴女を知りたいと思う」

試みは失敗に終わり、より積極さを増してしまった。

「ありがとうございます……で、でしたらどうか民のために、良い行動をなさってください！」

少なくとも田舎娘に興味を持つような愚行はしてはならないということを伝えたい。

「僕は、もし貴女に選んでいただけたならばきっと民を幸せにできると確信を持っている」

何でそうなる。

根拠は？　根拠は何だ。

どうにか丁寧に誤魔化したい私の悲痛な思いを察してくれたらしいマクレーン様が仲裁に立ってくれた。

「王子。女性は困らせるものではありません」

「そうか。貴女を困らせてしまっているのか……」

だから、その庇護欲類稀ない顔をやめて！

今ならほんのちょっと婚約者だったグレイ王子の気持ちがわかってしまう！

この庇護欲そそる顔は反則！

「僕の立場を私欲に囚われず真っ直ぐ受け止めてもらえたことだけでも初めてだった。それに貴女の言葉はとても真っ直ぐで、惹かれずにいられなかった」

いたく真面目に告白されて戸惑わない者がいるだろうか。

しかもこの端整な顔立ちに。

ローズマリーだってグレイ王子にこんな熱視線を受けたことがないし、私に至っては恋愛と無縁の生活をしていたのに。

（でも、無理なものは無理！　王子の婚約者とか、グレイ王子とティアの子供とか、無理だから！）

リゼル王子自身に非は全くないけれど、無理なものは無理だ。

「申し訳ございません……」

「こちらこそ申し訳ない。けれど」

リゼル王子が私の手を取り、手のひらに口付けた。

まるで絵本で読んだ騎士のように。

「マリー。貴女を慕う気持ちだけは許してもらいたい」

この王子、天然の人たらしだ。

朦朧とした意識の中で、そんな風に思った。


「あんな王子は初めて見たよ」

仕事も手につけられないほど精神的に弱ってしまった私に、休んでていいよと執務室のソファに座らせてくれたマクレーン様が、更にはお茶まで淹れてくれた。

「ありがとうございます……」

弱々しい私の反応にマクレーン様が笑った。

「私としては、とても有能な侍女殿に辞めてもらいたくないから断ってもらえて嬉しかったけどね」

国を悩ませている婚約者騒動が落ち着くよりも、騎士団の侍女の辞職を防げたことを喜んでくれるなんて。

マクレーン様の優しさが胸に染みた。

「エディグマ嬢は王太子の婚約者という立場に興味はないのか？」

「ないですね」

はっきり告げる。

前世での経験だけで十分だった。

その経験がなければ憧れていたかもしれない。

「リゼル王子は顔立ちも良いし性格も悪くないが」

「おっしゃる通りだとは思います。けれど嫌なものは嫌なので」

はっきりと意思表示をすれば、マクレーン様も納得してくださったようで。

「そうか。なら王子には私からも言っておこう」

私の味方として嬉しいことを言ってくださった。王宮という大きな存在に対し、私に味方してくれるマクレーン様の言葉は本当に嬉しかった。

「ありがとうございます」

「構わないよ。ただ、エディグマ嬢は侍女にしておくには惜しいというのは事実だ」

俯いていた顔を上げると、マクレーン様が真摯な様子で私を見ていた。

「あれほど国を見据える立場の考えを持っている女性は少ない。とても素晴らしい考えを持っているのは確かだよ」

真っ直ぐに見つめてくる眼差しに顔が赤くなった。

ローズマリーが覚えている頃よりもマクレーン様はずっと大人びた男性に変わっていて、記憶にあるアルベルトと、目の前にいるマクレーン様が同一人物だなんて思いづらい。

大人の余裕を持ったマクレーン様を見ていると、ほんの少しだけ寂しい気持ちも芽生えてきた。

一緒に過ごしていた時間が長かった分、ローズマリーが亡くなってからの知らない時間があることが何だか彼を別人にしてしまったようで。

年上の男性に変わった幼馴染みに、寂しさと憧れのような気持ちが混ぜ合わさって、どう反応すれば良いのか戸惑ってしまう。

「ただ、もしリゼル王子が強硬手段に出た場合は覚悟しておいた方がいい」

マクレーン様の視線が鋭くなった。私は頷いた。

王子が私を婚約者にしたいと公言されれば、立場から考えて断れるはずもない。

リゼル王子は「マリーの気持ちを尊重したい」と言ってくれていた。

けれども、王子の結婚を急(せ)かす者に気づかれでもしたら、それこそ私の意思なんて関係なく王命の下、エディグマ男爵に圧力をかけて終わってしまう。

考えるだけで悪寒が走る。

王太子の婚約者だなんて、あの陰謀渦巻く世界にまた飛び込むなんて冗談じゃない。

「どうにかして王子には諦めていただきたいです」

気持ちが負けそうになって、声が弱々しくなってしまう。

マクレーン様が私の不安を感じ取ったのか、頭を優しく撫でてくれた。

随分伸びて見上げる身長になったマクレーン様を見た。

「心配するな。なりたくないものに、無理してなる必要はないさ」

だいぶ大人になった幼馴染みの言葉が、私だけじゃなくローズマリーにも向けられているように感じて。

ほんの少し泣きたくなって、急いで俯いた。

「ありがとうございます……」

ありがとう、アルベルト。

「そうだな。もし良ければこの件、私の知り合いにも相談していいか？」

頭を撫でていた手のひらを腰に当て、マクレーン様は屈(かが)んで私に視線を合わせてきた。

「知り合いですか？」

「私では良い案が浮かばないのでね。頭仕事をいつも頼んでいる者がいるんだ」

頭の良い知り合い？　誰だろう。

二〇年もの空白期間に友人でもできたんだなあ、とぼんやり考えていたけれど。

「レイナルド・ローズ公爵を知っているかな」

かつての弟の名前に、私は頭が真っ白になった。

第二章 氷の公爵

ディレシアス国の国王であるグレイ・ディレシアスには恐れる者が二人いる。

一人はティア・ディレシアス。

グレイの妻にして王妃だ。

出会ったのは二〇年以上前のことだった。

グレイの侍女としてダンゼス伯爵から紹介を受けた少女は、可憐でふわりと揺れる赤髪に、幼さを残した美しい少女だった。

柔らかな身体でグレイにそっと触れてくる妖艶さと幼さがチグハグで、一気に惹かれた。

定められた婚約者がいる立場でありながら、どうにかして彼女と一緒になりたかったほどにティアに溺れた。

婚約者だったローズマリーはグレイに対し口うるさかった。

甘い言葉を投げかけるどころか、いつもグレイを諌めていた。

王となるべき者がそのように振る舞ってはなりません。

今は勉学に努める時期です。

まるで家庭教師のような婚約者がグレイには煩わしかった。

あの美しかった顔に翡翠色の瞳でグレイを見つめ愛を乞い、睦言でも囁いてくれていれば違っただろうが。ローズマリーを思い出すといつもしかめっ面してグレイに注意していた。

婚約者という立場で表に出る以外、グレイはローズマリーの元に通うことはなかった。

王宮で彼女が暮らし始めても変わることなく、むしろ常に侍女として側仕えしていたティアと接している時間を長く持っていた。

次第に関係は噂となって周知されていく。

自身の立場が揺らぐことに慌てたローズマリーがティアを脅してきたと、誰かが教えてくれた。

ティアに手を出すなと忠告すれば、あの翡翠の目が侮蔑するようにグレイを見て不快さが増した。

ローズマリーの父親にしても不愉快だった。

そもそも幼少の頃に婚約者を決められたことも腹立たしい。

グレイはグレイの意思でもって結婚する相手を選びたかった。グレイを次期王として見るのではなく一人の男性として愛を乞われたい時期でもあった。

父である王には再三忠告され叱られたが、ティアとの関係を否定されればされるほどグレイのティアへの執着は増していった。

その頃、ティアがグレイに教えてくれた。

『ローズマリー様が私を殺そうとしてきたのです』

涙を零(こぼ)し、震えながら教えてくれたティアの言葉にグレイは激昂した。

グレイの補佐を務めてくれていたティアの父、ダンゼス伯爵が証拠を集め、ローズマリーとの婚約を解消すべきだと助言してきた時、グレイは素直に頷いた。

あとはダンゼス伯爵に一任した。

彼はとても良くしてくれた。

ローズマリーがティアを殺めようとして使用した毒入りの茶葉と、毒針の刺さったドレスを手に入れたという。

そして、ローズマリーの父、ユベール侯爵の不祥事も揃えて断罪しようと勧めてくれた。

グレイは顔がニヤけるのを止められなかった。

これで口うるさい侯爵も、鼻持ちならない婚約者も一掃できる。

可愛いティアとの婚約が進められる。

グレイは執事に対し、ローズマリーを呼び出すよう書面を書かせた。

結果、事態はグレイが想像する以上の結果をもたらし終息した。

追い出そうと考えていたローズマリーは処刑された。

まさかそこまで罪が重かったとは。

罪状が確定した時にはその程度の感想しか浮かばなかった。

長く傍にいた婚約者が絞首刑にあう姿は多少胸が痛む思いもしたが、それよりも処刑が恐ろしいと泣くティアを抱き寄せることの方が優先度は高かった。

ローズマリーの無実を叫ぶユベール一族並びにユベール侯爵の派閥は、ダンゼス伯爵が知らぬうちに処罰をしてくれていた。

何て頼りになる義父だろう。

グレイはティアの夫となることと同時に、王になっても安心できる家臣を持てて誇らしかった。

ローズマリーの処刑後、間もなくして華々しい結婚式を挙げた。

その華麗な日は後世にも残されるようにと絵物語として書き記してもらった。

思えばグレイにとって人生で最も楽しかった時代はそこで終息していたのかもしれない。

王太子妃となったティアは、侍女の頃には全く見せることがなかった贅（ぜい）の限りを尽くしだした。そして、後継者を授ける責務を終えるや否や寝台を共にする機会はなくなった。

彼女の部屋には常に新しいドレスや宝石が贈られるようになる。

ユベール侯爵の後に就任した、ダンゼス伯爵を中心とした彼の派閥が王宮内に目立つようになった。

諸々（もろもろ）の役職を彼らの派閥が牛耳り、中立派並びに対立していた派閥は一斉に姿を消した。

そのことに父である国王から忠告された。

『ティアを妃に迎えたことで起こるべくして起きた騒動だ。その事態の深刻さをお前はわかっているのか』と。

グレイには叱責される理由がわからなかった。

役職が変わろうと国に大きな変化などないではないか。

ユベールの代わりにダンゼスが立とうと何がいけない？　国は問題なく動いているではないか。

理解できていないグレイの顔に、落胆を隠せない王は『せめてローズマリーがいればまだマシだったのだろうな……』と寂しそうに告げた。

それがグレイには余計に不快だった。

何故ティアを殺そうとしたような悪女が必要だったと言うのだ。

そういえば王は、ローズマリーが断罪された時に周囲へ注意していた。

事の審議を急いて追及していないか。

真実を隠蔽されているのではないかと。

再三、政権に中立である立場の者を筆頭に事の真相を見据えるよう進言をしていた。グレイは全てダンゼス伯爵に託していたため、誰が中心となって裁判を執り行ったかについては覚えていないが、王の発言から中立に行われたのではないだろうか。

結果、ローズマリーは処刑された。絞首刑が決まった時、そんなにも重い罪だったのかと驚きはしたが、裁判こそが真実を物語っているのだとすれば、ローズマリーはどれほどの重罪人だったというのか。

国王であるグレイの父はローズマリーに甘かった。

息子のグレイ以上に可愛がっていたことを思い出し、やはりグレイは不快な気持ちになるだけだった。

刑も執行され、グレイとティアを妨げる存在がなくなり盛大に挙式をしてから、グレイには時の流れが急速化したように思えた。

人生が下降するのは早い。

ティアが第一子を出産して以降、彼女と共に在る時間は皆無となった。

グレイ自身もティアの元に行きたくなかった。

それは、ある書状がきっかけだった。

グレイの部屋に誰が置いたかわからない封筒が置かれていた。

そこにはティアの真実を知ることができるとのメッセージに加え、時と場所が指定されていた。

十分に不審な情報ではあったが、どうしても気になったグレイは、僅かに護衛を伴って指定の場所に足を運んだ。

訪れた場所は王都内で貴族が訪れる遊楽街であった。

グレイ自身は滅多に訪れたことがない場所の、とある宿屋の一室で時間を待った。指定された部屋には一通のメモ書きで窓の外を眺めて待つよう指示されていた。勿論警戒は怠らなかったが、刺客のような気配も全くなく、騙されたかと思わされた。

すると、宿屋の窓向かいに見える部屋の窓から見覚えのある女性の姿があった。

グレイの妻であるティアだった。

ティアは見知らぬ男性と顔を寄せ合いながら何かを話し、すると流れるように唇を寄せ合った。

慣れ親しんだ様子にグレイは衝撃を受けた。

王太子妃でありながらグレイ以外の男性と関係を持つことを理解していないというのか。

それとも、グレイと結婚する前から彼女には異性との付き合いがあったというのか。

だったら、だとしたら。

生まれた王子、リゼルは誰の子なのか。

一度芽生えた疑念は解消されることもなく、グレイの中に存在し続けた。

可愛いと思えた我が子が可愛く感じられなくなり、常に乳母に任せ、顔を見せに行くことも減った。

腹いせのようにグレイ自身も遊楽街に向かい、ティアへ当て付けるように女性と関係を持った。

せめて、自分の子であると確信が取れるように側室を娶るも、側室から子供の誕生の気配がない。

グレイはティアが何かしら仕組んでいるのではと疑った。

実際、何か薬を盛られているということを護衛から聞かされたこともある。

グレイには妻がわからない。

何故愛していたのかも、どこを愛していたのかも思い出せなかった。

だからグレイはティアが恐ろしく、そして憎く、それでも離すことができなかった。

そしてもう一人、恐れる人物がいる。

グレイの恐れるもう一人の人物はレイナルド・ローズだった。

国政が崩れ始め、ダンゼス伯爵による独裁政治と揶揄された時のこと。

王は既に退位し、グレイが王になってからは家臣たちに陰で傀儡の王と嘲笑われている。

外国の言葉をご存じでない王の代わりに諸外国との会談をお任せください。

税制に関する知識をご存じないのであれば私にお任せください。

そう甘言され言われるままに仕事を放棄した結果、傀儡の王に成り果てた。

そうしたグレイを咎(とが)める視線が刺さった。

近頃王宮で見かける、かつての婚約者の弟が射殺す勢いで自分を見る。

ローズマリーと同じ翡翠瞳の色で。

まるでローズマリーに睨まれているようで、グレイは恐ろしくどうにかしてレイナルドを王宮から引き離したかった。

しかし相反して彼は国に貢献し、親同士が対立していたはずのダンゼス伯爵にまで影響を及ぼすほどの力を持ち、中立派たちの力を引き伸ばしている。

今やディレシアス国にとっての脅威は隣国ではなく、レイナルド・ローズ公爵だった。

だから恐ろしい。

いつグレイはレイナルドに殺されるかわからない。

グレイはいつも怯(おび)えていた。

そのたびに幼い頃から口うるさかったローズマリーを思い出す。

あの時。まだ彼女がグレイの婚約者だった時、素直に彼女の言葉を聞いていれば何か変わったのだろうか。

ティアに目を向けず、彼女と共に勉学に励んでいれば、あの恐ろしい彼女の弟は自分の元で力を貸してくれたのだろうか。

グレイにはわからない。

だからグレイは愚王と呼ばれるに相応しかった。

◇

レイナルドと名付けられた小さな子供がユベールの地に訪れた時のことを思い出す。

いつも口論が絶えないローズマリーの母が、子供を連れてきた父に対して今まで以上に怒り罵り喧嘩している中、ローズマリーは怯えている小さな子供をこっそりと外に連れ出した。

ローズマリーが握る小さな子供の手は柔らかい。

まだ足取りも覚束(おぼつか)ない男の子は、不安そうに指を口にくわえている。

『ここでお父様たちのお話が終わるのを待ちましょう』

ローズマリーはお気に入りの庭園にあるベンチに男の子を座らせた。

母と父はよく喧嘩をする。ローズマリーは喧嘩が起きるたびに怖くて泣いていた。

年が離れた兄は、怖がるローズマリーを無視して外に出てしまうため、ローズマリーを守る人は誰もいなかった。侍女も召使いも父であるユベール侯爵に従順であり、ローズマリーを心配する者の姿はなかった。

今日も喧嘩が始まったと恐る恐る部屋を覗いたら、少し離れたところに男の子が立っていたので、思わず連れ出してきた。

よく、あんなに大きな声で喧嘩する二人のところにいて泣かないなあ。

男の子だからかな。

呑気にローズマリーは考える。

『あなた何歳？』

男の子はしばらく考えると指を四つ立てた。

『私は八歳よ。四つ違いね』

喋れないのかしら。

同じ翡翠色した子供の瞳を見つめる。

『名前は何？』

喋れたら答えてくれるだろうと待ってみる。

男の子はしばらくローズマリーを見つめていたけれど、小さな声で「レイナルド」と言った。

喋れた。良かった。

『よろしくレイナルド。私はローズマリーよ』

これが、ローズマリーが覚えている弟との初めての会話だった。

（レイナルド・ユベール……じゃなくて、レイナルド・ローズ公爵か……）

侍女のために用意された宿室で、私はかつての思い出を反芻（はんすう）していた。

ローズマリーだった時の記憶や感情は、遥か遠い記憶を思い出すようにすれば何となく思い出せる。

自分の小さい頃の思い出を探すように、ローズマリーの小さい頃を思い出した。

レイナルドは、父が外で作った愛人との子供だった。

愛人が結婚するにあたり、父との間に生まれた子が邪魔だと言ってユベール家に押し付けてきたらしい。

この話は噂好きのメイドから聞いた情報だったので確かではないけれども。

レイナルドが屋敷に来てから、彼は実の母親について一切口にしたことがない。

ユベール領で暮らすようになってからしばらくして彼に尋ねた時、「そんな人もいましたね」程度に返されてしまったので、こちらとしても聞くに聞けなかった。

レイナルドのことを話題にするだけで彼女の母は機嫌が悪くなり、ただでさえ病弱だった母の病状が悪化するため禁句だった。

そして母の近くにレイナルドを近づけることも禁止されていた。

当時のローズマリーは、遊び相手が従者のアルベルトしかおらず、アルベルトが不在の間、遊ぶ相手に飢えていた。

そこへ新しい子供が家にやってきて無知も良いところに歓喜した。

何より弟か妹が欲しかった時期だった。

父に似た兄は全く私に関心も持ってくれなかったので遊び相手は総じてメイドだったけれど、メイドが本気で子供の遊びに付き合ってくれるはずもなく、不完全燃焼なストレスを見事にレイナルドで発散していたような。

結果から見れば、双方にとって良い効果だった。

愛情に飢えていたレイナルドはローズマリーとの触れ合いで満たされた。

遊び相手に飢えていたローズマリーはレイナルドという弟で満たされた。

拍車をかけてレイナルドが他の人からも姉好き、姉離れできない奴とからかわれていると知って、一度は彼のことを想い距離を置いたのも覚えている。

(あの時のレイナルドの切ない顔はまだ忘れられないわ……)

うるうる瞳を揺らし、まだ声変わりしていない高い声で「ねえさま……」なんて呼ばれて。

(良心が痛みすぎて辛かったわ)

と。

そんな幼かった弟が、今では三二歳、立派な北部地方の公爵様。

(私の、ローズマリーの罪に巻き込まれなくて良かったけれど)

ローズマリーが処刑されてから二〇年の間に、彼に何があったのかはわからない。

幸せになってくれているかしら。

会うのが楽しみな反面、怖さもあった。

ローズマリーはレイナルドに幸せになってくれることだけを願っていた。

姉にしか愛情を見せなかった弟が、自分が亡くなれば後を追ってしまうことがないかとても怖かった。

生まれ変わり、レイナルドが存命していたことにはホッとした。

けれど、何というか違和感が拭えない。

（多分、レイナルドは国を恨んでいると思う）

姉の無実を主張した彼を国は相手にせずローズマリーを断罪した。

（それに、領地にローズと付けるなんて……未練があることを主張しているように見える）

もし王家に忠誠を捧げるのならば、犯罪者となった姉の名前に通じる言葉を付けるはずがない。

（二〇年の間にどうなってしまったの？）

空白の期間が長すぎて、ローズマリーの心を受け継いでいる私にもレイナルドの考えが想像できなかった。

あと、もう一点懸念がある。

もしも。

もしもだけれど。

ローズマリーが生まれ変わっている、なんてことを知ったら。

（…………考えたくない……）

私は考えることをやめておいた。

マクレーン様は私の非番の日を決めた後、レイナルド公爵に会うために書状を送られていた。

数日後に返事は届き、公爵が王都を訪れることになった。

場所は王宮だと怪しまれるため、マクレーン様がよく使われるカフェテリアの個室で集まることになった。

久し振りに降りた城外の賑やかな街並みに胸躍る。

「何か欲しいものがあれば奢るよ」

普段の騎士服とは違い身なりの良い私服を着たアルベルト様の姿はとても眩しかった。隣に立つことがおこがましいぐらいだ。

「いえ、そんな！　ちゃんとお給金は頂いていますから」

慌てて返すが、こういった発言を軽々しく言える彼にも、レイナルドと同様二〇年のブランクがあることを痛感した。

ローズマリーの知っているアルベルトには、こうした自然な女性との対話が苦手だったはずなのに。

寂しさを覚えながら、私はマクレーン様の後をついていった。

カフェテリアは街から少し外れた場所にひっそりと立っていた。

物静かな街角に立つ一軒家は、綺麗な彩りをした花々に飾られている。とてもカフェとは思えない佇まいだった。

扉を開けばカラン、と鈴の音が鳴る。

中から可愛らしいエプロンをつけた女性がやってきて、マクレーン様の顔を見ると「どうぞこちらへ」と個室まで案内してくれる。

なるほど、常連なだけある。

素直に後ろをついていくと、離れた小部屋に通された。

中も趣味が良いアンティークな造りがされた部屋で、ゆったりとしたソファに座り心地が良さそうな椅子が二脚。

とりあえず椅子の方に座り、忙しなく辺りを見回した。

「何か飲みたいものは？」

「ハーブティーをお願いしてもよろしいでしょうか」

「わかった」

エプロンをつけた給仕の方を呼ぶとマクレーン様は自身の分と私の分を頼んでくれた。

改まって緊張している私の様子を見て、目元に僅かに笑い皺を作りながらマクレーン様が微笑んだ。

「そんなに緊張しなくていいのに」

それは無理な話でしょう。

私は苦笑した。

しばらくしてお茶が運ばれてきた。

良い香りのするハーブティーを一口飲んで、早い鼓動を打つ心臓に落ち着きを取り戻させる。

隣で私の様子を時々気にしながら、マクレーン様もお茶を飲む。柑橘系の香りがするお茶のようだ。

その時、静かに正面の扉が開いた。

最初に見えたのは黒だった。

黒の羽織りに黒の衣服。長い脚は漆黒の生地で作られたズボン。

縁が銀のみで飾られた黒のブーツ。

唯一明るい装飾とされるのは、鋭い翡翠の瞳だけ。

ローズマリーが見たこともない氷のように冷ややかな表情。

真っ黒に染められた服。

「エディグマ嬢？」

マクレーン様が驚いて私を見ている。

何故か慌てて手拭いを差し出された。

「アルベルト。どうして彼女は泣いてるんだ？」

「わかりません。貴方を見た途端、急に……」

泣いている？　誰が？

ぽたりと。

握っていた手のひらに温かい滴が垂れてきて、ようやく自分が泣いていることがわかった。

涙が溢れだして止まらない。

「ごめんなさい……」

俯き、堪えられないで嗚咽（おえつ）が漏れる。

真っ暗な服は未だ喪に服している表れ。

氷のように冷えついた表情は、幸せになれていない事実を突きつける。

私の中に眠るローズマリーが声を上げて泣いているみたい。

そして頭の中で叫び続ける。

レイナルド。大切な弟。

ごめんなさい、と。

私の涙は止まることを知らずに流れ落ち、目の前の二人を困惑させた。

しばらく涙を零していたけれど、ようやく落ち着いてきて。

渡されたハンカチを申し訳なくも盛大に使い、グショグショになった顔をようやく拭う。

目もきっと充血しているだろう。

冷静になったところでどう言い訳しようか考えるけれど、全くもって良いアイデアが浮かばない。

(公爵を見て泣き出すのに理由って何があるの……!)

生き別れの兄に似ていた、とか?

駄目だ、兄は王宮内でのほほんと仕事をしている。すぐに嘘がバレる。

最近悲しいことがあって、急に思い出したとか。

それも微妙。

最近王宮に籠もりきりで、何の事件も起きていないことはマクレーン様もご存じ。

ここは仕方ない……!

「大変失礼いたしました。もう大丈夫です」

「一体どうしたんだ?」

「ええ、心配には及びません。お話を進めさせてください」

ニッコリとマクレーン様、レイナルドに笑顔を向ける。

こうなったらシラを切るしかない！

女の涙に深く追及しないで！　無粋だから！

心から念じ二人を笑顔で見続ける。

沈黙こそ最大の防御。

諦めてくれたマクレーン様は、しばらく様子を窺っていたけれど視線をレイナルドに戻した。

レイナルドといえば、目の前で泣き崩れる女性がいたにもかかわらず特に動揺もせずに私を観察していた。

目鼻立ちがとても整っている。

ユベール侯爵だった彼の父も若い頃は美丈夫で通っていたため男前ではあったが、レイナルドはまた異なった色気のような大人らしさを兼ね備えていた。

少しばかり危うさを醸し出した、他者を寄せ付けないオーラ。

人嫌いであるところはどうやら変わっていないらしい。

「話を始めよう」

聞こえの良いテノールボイスが声を紡いだ。

声変わりする前の声はどうやら既に消えてしまったらしい。

とても残念だけれども、生まれ変わっている間に長い時が過ぎたことが事実だと教えてくれる。

私は気持ちを切り替えてマクレーン様とレイナルドに目を向けた。

「リゼル王子が貴女に懸想され、その対処に困っているというのは事実なんだな」

「そうですね。私も見た限り王子は真剣なご様子ではありました」

「他の者に気づかれてはいないか？」

「その辺は抜かりなく。王子もそこを一番気にされていたので、最低限彼女とは距離を置いています。時間の問題かもしれませんけどね」

そう。リゼル王子はやはり心配りができる方だった。

今回の王子の行動により、誰が一番危険であり困惑するか理解してくれていた。

私に会いに行きたいという気持ちがあるものの、全く表に出さずマクレーン様に会いに顔を出す形で訪れる。

あまりに自然な様子に私自身も騙されて、「やっぱり勘違いだった」と気を抜いていた時に正面に立たれ。

「今日も貴女に会えて嬉しい」

なんて囁かれながら、隠し持っていた一輪のベゴニアを差し出された。

赤いベゴニア。花言葉は確か『愛の告白』。

ボンっと顔が赤くなるのを感じたのは、つい先日の記憶だった。

本当に恋愛経験が少ないとは思えない手腕にたじろいでしまうのは私ばかりで。

どう返して良いかもわからない。

私の様子を見つめていたレイナルドは、鋭い視線を変えないまま私の様子を眺めていた。

「ふうん……それで？　貴女は王子との婚約は遠慮したいと？」

「はい」

「素直に頷けば貴女の手には富と権力、それにあの眉目秀麗な王子の愛が受け取れるというのに？」

「そうですね」

私の反応に偽りがないか見定めるような眼だった。

ローズマリーの時には毎日のように見つめていた翡翠色の瞳。

ローズマリーだった頃を思い出させる。

レイナルドはそこまでローズマリーと顔は似ていなかったが、髪色と瞳の色だけは瓜二つだった。

「貴女の父君が治めているエディグマはそこまで裕福ではないと聞く」

「おっしゃる通りです」

「もし王子と婚約すれば、貴女の父君も困ることはないと思われるが？」

ああ、これは揺さぶりだ。

ローズマリーの父も、よくこうして交渉相手をふるいにかける時、わざと挑発的に発言をしていた。

まさか父を嫌悪していたレイナルドが、父と同じようなことをしてくるなんて。

「……父は既に引退し、政界や領地拡大に関心は持っておりません」

「兄君は？」

「そうですね。王都暮らしに憧れるだけで野心はないです」

何も疚しいこともない。私は端的にレイナルドへ返した。

レイナルドは眉間に小さな皺を作り、整った顔を微かに歪ませた。

「餌には何一つ釣られない方だということはよくわかった」

正面に座っていたレイナルドが立ち上がり、私の隣に座った。

見上げる身長差に加え、彼の瞳から肉食獣のような鋭さが感じられて、私は身体中から畏怖する感情が走る。

「レイナルド？」

マクレーン様が傍でレイナルドの名を呼びかけるが返事もせず、私の顎を指で摑んだ。

「貴女は己の価値をわかっていないようだ」

「……おっしゃる意味がわかりません」

絞り出した声が震えている。

あれだけ親しく、優しかった弟の笑顔が霞む。

「王子の唯一の王妃候補になるかもしれない貴女だ。恐らく聡明な知見をお持ちであろう。であれば、私たちは協力を仰ぎたい」

「協力……？」

レイナルドの幼かった笑顔が霞んでいく。

今目の前にいる男は本当にローズマリーの大切な弟なのだろうか。

翡翠の瞳が翳り薄ら笑う表情は、あどけなくローズマリーを慕っていた笑顔のレイナルドとは別人だった。

「婚約者になりたくないという希望を叶えてみせよう。ただ、簡単に事が進むはずがない。だから私に協力をしてもらいたい。そうすれば貴女も望み通り王子からの求婚を逃れることができる」

まるで蛇に巻き付かれているような感覚に陥った。

同時に深い悲しみと怒りに飲み込まれる。

違う。ローズマリーが知っていたレイナルドとは大きく違う。

ローズマリーが慈しみ育んだレイナルドが、こんなことを言うなんて。

私の脳裏にローズマリーの泣き顔が浮かんだ。そして彼女の悲しみと怒りを感じ取った。

許せない。

彼女の大切な弟であったとしても、ローズマリーの心を悲しませることは許せない。

ローズマリーが愛したレイナルドを貶（おとし）めるようなことをするのは、たとえレイナルド自身であったとしても許容できない。

私は顎を摑んでいたレイナルドの手を勢い良く叩き、溢れる怒りのままに叫んだ。

「いい加減にしなさい、レイナルド！」

勢いを持って立ち上がり、唖然としたレイナルドを見下ろした。

「父様のような人間になりたくないと言っていたのに、貴方の態度は父様と同じではないですか！」

そう。

彼は、レイナルドは父を嫌っていた。

私を道具として扱う父のようにはなりたくないとローズマリーに言ってくれていたのに。

今の彼は、マリーという私を道具として見ていた。

こうしてレイナルドを怒ったのはいつ振りだろう。

自分が妾の子だとからかわれても何一つ動じなかった彼が怒るのは、いつだってローズマリーに関係することだった。

婚約者に相手にされないつまらない女だと貴族に馬鹿にされた時、レイナルドが秘密裏に貴族たちに制裁した時や、陰で王子を慕う女性に嫌がらせをされた時もそうだった。私の代わりに報復をする弟を見て辛かった。

いつだってレイナルドはローズマリーのことになると見境がなくなる。

だから私が、ローズマリーが彼を叱る。貴方自身の幸せを失うことをしないでと。貴方らしさを失わないでと。

そしてそれは今も変わらない思いだった。

そう、今も。

………今も？

「あ……」

我に返った時には。

目を大きく開けて私を見上げるレイナルドがいた。

あ、この顔は昔と一緒ね。

なんて呑気に思っていたから。

「姉様……？」

レイナルドがポロッと零した一言で、ようやく事の重さを理解した。

◇

「ローズマリー。王子にご挨拶を」

「ローズマリー・ユベールでございます。よろしくお願い申し上げます……」

何度も教えられたカーテシーで挨拶をする。

ローズマリーより少し身長が高い少年は、興味なさそうにローズマリーを見ている。

「王子を支える婚約者として今後も勉学に励ませる予定です」

「ありがたい。どうかグレイの支えとなっておくれ。小さなプリンセス」

「はい」

グレイ王子はぶっきらぼうで苦手だけれども、ローズマリーはその父親である国王が好きだった。父には全く注がれない愛情を感じられるからだ。

生まれて間もない頃に決められた婚約者と初めて会ったのは八歳の頃だった。

それまでの思い出は大体礼儀作法を教わっていた。幼い手で文字を書きなぞり、自国の言葉とは違う異国の言葉を覚えていた。

時間の合間を見ては従者として一緒に育てられているアルベルトと遊び、途中から家族になったレイナルドと遊ぶ時間に費やした。

遊ぶ機会がないローズマリーにとって唯一の安らぎの時間だった。

母はローズマリーを生んでから身体を壊し、レイナルドを知ってから更に体調を崩した。

王妃教育に時間を費やせと言われたローズマリーが母に会えるのは、お休みなさいを告げるための夜だけだった。

母はとても弱かった。

父の愛情を得られないこと、父が愛人を作ることが耐えられなかった。

本来なら侯爵夫人として立ち回らなければならない環境にも慣れず床に伏せることが多かった。

父も身体と心が弱い母をすぐに見捨て、社交の場には年の離れたローズマリーの兄を連れていくことが多かった。パートナーを連れ出さないユベール侯爵と夫人との噂は瞬く間に社交場に広まり、彼のお情けが欲しいと言い寄る女性は多かった。だから愛人がいて、しかも子供も生まれていたという事実を後から教えられても驚きはしなかった。ありがたいことに噂を両親から聞いた子供たちがここぞとばかりに教えてくれるのだ。いくら無知なローズマリーでも家族を馬鹿にされていることだけはわかっていた。

レイナルドを迎えてからしばらくして、ローズマリーの母は亡くなった。

ひっそりとした葬儀でローズマリーは静かに母を見送った。

母に遠慮して遠くから見守るレイナルドを呼び抱き寄せた。

「ねえ様泣かないで」

まだ守られるべき幼い弟に慰められながらローズマリーは涙を零した。

何一つ思い出がなくても、母はローズマリーにとって唯一の存在だった。

本音を言えば王子の婚約者になんてなりたくなかった。

つまらない礼儀作法や勉強なんて嫌いだった。

ローズマリーが欲しいのは、みんなが持っているような家族との思い出だった。

(次に生まれ変わるならば普通の女の子になってみたい)

鉄格子の中、冷えた床にうずくまりながらローズマリーは幼い頃の記憶を思い出し、ぼんやり考えた。

婚約者としての務めも、父の道具になることも疲れた。

身分もお金も人並みにあればそれで幸せなのだろうか。

街で見かける手を繋いで歩く親子にずっと憧れた。

ローズマリーが知っている手のひらの温もりは、レイナルドの幼い手だけだった。

（大きな手と手を繋いで、優しく頭を撫でられたいわ……）

ローズマリーに信仰心はそこまでなかったが、そのぐらいは神に望んでみたいと思った。

同時に、誰かと愛し愛される関係にも憧れた。

グレイ王子とは形ばかりの婚約関係で、ローズマリーは恋愛というものを経験したこともない。

政略的な結婚が当たり前だったからだ。

普通の恋をして、好きな方と結婚する。

それこそ絵物語の世界だ。

この時代、恋愛結婚なんて稀なことだから。だとしても結婚する相手とは互いを想いやれる家族になりたいと思う。

グレイ王子がティアと恋を成就させたことが、ほんの少しローズマリーには羨ましかった。

ローズマリーの傍には言い寄るような異性などいなかった。

それが、自分の魅力のなさではなく婚約者という立場のせいで誰一人感情を伝えることができなかったことなど、彼女は知る由もなく。

ただひたすらに、誰かからの愛情を得たかったし、誰かに愛情を注いでみたかった。

結果、ローズマリーは彼女が望むかたちで生まれ変わり。

彼女が望んだ家族を迎えられたが。

彼女が普通の恋をし、絵物語のような家族を築けるかは、また別の話だった。

「貴女はローズマリーですか？」

「いいえ、違います」

この会話、ローズマリーが小さい頃に勉強していた外国語の構文に似ている。

と思ったけど絶対にそんなことは口にせず、私は初志貫徹否定し続けた。

勢いで出てしまった態度が取り返しもつかないことは、先刻目の前で号泣をした時から身に染みている。そして、そうなった場合の対処法もたったさっき学んだばかりだ。

誤魔化すしかない。

「では何故、レイナルドの父を知っていたのですか」

切羽詰まった様子でマクレーン様が問い質(ただ)してくる。確信したように、私に敬語で接してくる。

「聞き間違いです。それよりマクレーン様、私に敬語などおやめください」

「貴女がローズマリー様であるかもしれないのに、そんなことできるはずがないでしょう！」

迫り来るかつての騎士は、だいぶ大人になったと思っていたけれど、こうした様子を見ていると、当時の若さが垣間(かいま)見える。ローズマリーの立場を無視して、無茶をする彼女をよくこうして大声で叱ってくれていた。

が、懐古に浸るのは今ではない。

「ローズマリー様といえば亡くなられたローズ公爵の姉君と聞き及んでおります」

「そうです。ですが……！」

「考えてもみてください。私は生まれた時からエディグマにおり、エディグマ男爵の娘です。その事実は父も兄も存じております！」

至極全うなことを言っている。

それはそうだ。

生まれ変わりなんて、たとえ考えたとしても言葉にできない。

言ってしまっては頭がおかしいのではと思われるだろう。

マクレーン様も同様に考えているようで、どうにか得たい答えをどうすれば導けるのか考えあぐねていた。

しかし、横目に見るレイナルドは、しばらく口を閉ざし考え込んでいる。

マクレーン様は誤魔化しきれても、頭の良い弟を誤魔化しきれるか不安だ。

ならば先手を打つしかない。

「先ほど、レイナルド様とお話ししていた時、実は意識を失いかけていたのです。そのため私自身何を発言したのか記憶が曖昧なのですが……」

両手を重ねておねだりするように微笑んでみせた。

「まるで信じられないかもしれませんが、もしかしたらローズマリー様が私の元に訪れてお話しされたのではないでしょうか」

「そんなこと……」

突然無茶なことを言い出しているとは思うけれど、多少本当のことも織り交ぜないと納得してくれないと踏んでの苦しい言い訳。

「ですが事実なのです。私自身、何故あのようなことを申し上げたのかわからなくて」

口元に指を置いて俯いてみせる。

亡くなった人間が言っているような言動だなんて、霊魂が乗り移ったとでも言わない限り納得しないと思ったのだ。

けれど、私の無茶な計画を嘲笑うかのように。今まで黙っていたレイナルドが大笑いしだした。

「いや、全く貴女には驚かされます。マリー嬢。霊などと言って誤魔化しても駄目ですよ？　貴女はローズマリー姉様の生まれ変わりのお姿なのでしょう？」

マクレーン様も口にできなかった仮説を堂々と口にした。

「何をおっしゃっているのですか。そんなはずが……」

私は、的中された予想に対してどうにか平静を装ってみたけれど、多分顔は引きつっているかもしれない。

「こういったことを言うにも理由がありまして。姉は存じあげていないのも確かなのですが、実は姉の死後に試したことがあったのですよ」

レイナルドは懐から何かを取り出すと私に見せてきた。

小さな麻袋が付いたネックレスだった。よく見えないけれど、何かしら刻印が刺繍された物は、呪術か何かが施されているのだろうか。

「この中には亡くなった姉、ローズマリーの遺髪が入っている。彼女が亡くなったことが信じられなかった私は彼女が亡くなった後、ある呪術師の元に行ったのです」

「呪術師……？」

胸騒ぎがした。

弟は懐かしそうに麻袋を撫でる。その仕草から、中には本当に遺髪が入っていると確信した。

「まさか本当に実現するなんて思いもしませんでしたが、やってみる価値はあったようだ」

「一体何をされたんです？」

マクレーン様も初耳だったらしく、レイナルドに向けて聞いている。私は早打ちする動悸(どうき)をどうにか落ち着かせたくて胸元に手を置いた。

「呪術師に姉様の魂を引き戻し、生まれ変わることを依頼した」

レイナルドの言葉が一度では理解できず、何度も頭を反芻した。

生まれ変わることを依頼？

呪術師に？

呪術師とは、国の未来や災いを予知するために集う集団で、公に姿を現すことがない秘密裏の組織だった。

胡散臭(うさん)さこの上ないが、過去国の災害を予知し、被害を最小限に抑えたこともあり、貴族の一部には存在が知らしめられている。

ローズマリーも王家の婚約者の一人として教えられていた。

呪術師に何が可能かはわからないが、未来を予知することもできる呪術師であれば、生まれ変わりを実現させることも可能なのだろうか。

「だ、だとしても、何故レイナルド様が呪術師に依頼することができるのですか！」

本来呪術師は王家の任務にしか動かない。

侯爵家の子息の願いを、しかも犯罪者とされるローズマリーを生まれ変わらせるなど、あり得ないのでは。

そう、あり得ない。

あ。

しまった。

慌てて顔を上げれば、レイナルドがとびきり甘い笑顔で私を抱きしめてきた。全身真っ黒の彼に抱きしめられるとまるで闇に包まれているようだった。

「罠(わな)に引っかかってくださりありがとうございます。姉様」

ずっとお会いしたかったです。

愛しています。

嬉しそうに延々囁き紡がれる言葉が耳に入らない。

私は、自分で招いた墓穴にひたすら落ち込んでいた。

どういうことか未だに分かっていないマクレーン様に対し、私を抱きしめたままレイナルドが回答した。

「そもそも男爵家の子女が国秘である呪術師の存在を知っているわけないんだよ。アルベルト、お前だって知ったのはつい最近だろう?」

「ああ。騎士団長になった時に教わった」

「そう。それだけ極秘情報である呪術師の名を出したのに、マリー嬢は不思議に思うことなく存在を理解した。その存在を知っている女性なんて、王妃かその婚約者か、はたまた呪術師自身ぐらいだろうね」

嵌められたことに気づいた私は何も言えず、されるがまま抱きしめられていた。

「よくお顔を見せてくださいな姉様。まさかこうしてまた貴女を抱きしめられるなんて。ああよく見れば真っ直ぐに私を見つめる瞳の強さ、姉様と全く同じでした。気づかず失礼なことを言ってしまいました。申し訳ございません」

とろけるような声色と至近距離で見つめてくるレイナルド。

「本当に、ローズマリー様なのか……?」

かつて忠誠を誓った騎士が声を震わせながら私の近くで跪いた。

もうはぐらかせる状況ではないと察し。

「…………………はい……」

私は観念して肯定した。

ちなみに。

「本当に呪術師に生まれ変わりの依頼を頼んだということは?」

マクレーン様の問いに。

やはり翳（かげ）りある笑顔を含みながら、レイナルドは沈黙を通した。

◇

レイナルド・ユベールの人生は一転した。

姉の死によって世界が暗転したようだった。

爵位は降格。ユベールの領土を一部国領として返還。

父は国外追放。後継の兄は縮小されたユベールの地を治めるために爵位を継いだ。

レイナルドも細々とユベールの地に住んでいたが、身を潜め生活していた。

姉の復讐に必要なものを考える。

まず金だ。

姉が投獄される前に弟へ授けた財産を遠慮なく使わせてもらった。

自身の死後まで弟を気にしてくれた姉を悼むと心が張り裂けるほどに痛かった。

しかしありがたく使い投資に注力し、没落しかけた貴族に対し兄の名を騙り資金繰りに手を貸した。結果数倍にしてお金を戻し、資金は潤沢となった。

次に必要なのは地位だ。こればかりは簡単には手に入らない。

何よりユベールの名は地に落ちたため再利用することは叶わないだろう。

なら新しい名を得るしかない。

何年間も下積みした。幼いままのレイナルドでは信用されないだろうから、資金繰りで手を貸した貴族の名を借りて隣国に手を伸ばす。

自身がようやく青年の仲間入りした頃に、国を悩ませている小部族に着目し、争いの火種を焚きつける。

結果、思う通りに事が進み。

自作自演した争いを解決した功績を得て公爵の地位を手に入れた。

小部族と小競り合いの末に得た北部の領地を与えられ、領地に名をつけてほしいと言われ、即答してローズと付けた。

姉の名を語る喜び。

まるで姉が見守っているようで、ようやくレイナルドは息を吸うことができた気分だった。

地位を得た後、次に攻略したのは政治だった。

ダンゼス伯爵が得ていた権力の縮図を、金と人脈を使い均衡を崩した。

それは、ダンゼス伯爵がかつて父に行ったことの繰り返しのようだった。

観念したダンゼス伯爵は、過去隠蔽していた横領などを暴露されると早々に城を追われ姿を消した。それが、ある意味レイナルドにとって第一の復讐を果たした時かもしれない。姉を弑した関係は漏れなく罰する対象であったため、ダンゼス伯爵も例外ではなかった。ただ、彼もまた賢い人間であったため、余計な罪状が増やされるよりも前に王都から姿を消していた。

レイナルドは彼のように地位が欲しかったわけではない。また、彼を追放したからといって復讐が終わるわけでもなかった。

王権の均衡を崩すという、復讐の過程で行われただけのこと。

もはや枯れ木のように脆(もろ)くなった王権を掌握するのはいとも簡単ではあったが、それでは復讐にならない。

金と地位と同時に動いていたのは人心だった。

レイナルドはアルベルトに命じてリゼル王子を懐柔させた。

また、グレイ王とティア王妃との仲を裂く助力をした。この件に関しては、レイナルドが動かなかろうと時間の問題ではあった。

姉を陥れた者たちが地に堕ちていく様を眺めるのは気分が良かった。

幸せになどしてたまるか。

永遠に不幸を噛(か)みしめるがいい！

鬱々とした想いを王家に差し向ける。

この感情を隠すつもりもなく、王を、王妃を睨み据えた。

グレイ王を中心とした彼らの派閥はレイナルドを怖がった。

もっと怖がるがいい。

姉と同じ翡翠の目でお前たちの不幸を見つめることで、姉が見ていると思い込めば良い。

レイナルドの復讐はまだ続くはずだった。

次はリゼル王子の婚約者問題を進めていた。

グレイ王子の頃と同じく侍女と王子を添い遂げさせ、姉と真逆の仕打ちをさせようと盤石整える予定だった。

が、その思惑は見事に打ち砕かれる。

打ち砕いたのがまさに姉の所業と思えば、レイナルドは喜んで作戦を放棄する。

だが彼の中で燃え続ける仄かな炎は消え去ることなく彼の心の底で燻り続けていた。

微かな光が胸の中で生み出されながらも、彼は消化する術を忘れ、彼そのものが復讐を糧に存在しているようだった。

「おはようございます、マリー」

「おはようございます……アルベルト様……」

「敬語はやめてください。貴女は私の主人なのですから」

何がどうして、仕事に訪れた侍女に恭しくお辞儀をする上司がいるだろうか。

私の生活が一転した。

レイナルドとアルベルトにローズマリーの生まれ変わりであることと、過去の記憶を持っていることがバレてしまった。

以降、冷酷の公爵は私に甘く、頼りあった騎士団長は身分が下の私に跪く。

『我が主。貴女にもう一度忠誠を誓わせてください』

ローズマリーが幼い頃にやらせていた騎士ごっこよりも、うんと格好良くなった騎士団長の忠誠に私は顔が赤くなることを止められなかった。

『マクレーン様、どうか今までのように接してください。どうか昔のようにアルベルトと』

『マクレーンと呼ばないでいただきたい！』

結果、せっかく呼び慣れてきたマクレーン様もといアルベルトは、以前と全く違った態度で私に接するようになった。

とはいえ、上下関係は変わらない。

前世は前世、今世での私はただの侍女。

再三そのことを二人に告げれば、大変納得いかない様子だったものの、どうにか理解していただいた。

『姉様、いえ、マリー嬢。ようやくお会いできた喜びをこれで終わりにしないでください。また次にお会いする約束を今取り決めていただきたい』

逃がさないぞ、という脅しに聞こえるのは私の思い違いだろうか。

渋々次の非番に同じ場所で会うことを約束し、とりあえず刻限もあるためカフェを後にした。

そして翌日から、アルベルトの態度が見違えるほど変わったため、私は散々ニキに問い詰められることになった。

「ねえ、一体何が起きたの？　この間の非番の日に何があったの？」

アルベルトと親しげであることに、喜ぶどころか恐ろしいものを見るような目でニキが尋ねてくる。

初めは、非番の日に私とアルベルトが出かけたことを耳にしたニキが嬉しそうに聞いてきたところで、当のアルベルトがやってきて。

『おはようございますマリー嬢。昨日の出来事は夢ではないのですね』

と、とろけんばかりの笑顔で挨拶された日には、誤解されるような言い方をしないでと責めた。するとと叱られた子犬のように申し訳ないと告げ、尾を引かれるような名残惜しさで執務室に向かっていった。

からの、ニキの問いだった。

私は何とも言えず言葉を濁すしかなく、後でアルベルトに説教が必要だと噛みしめた。

すっかり年上になったかつての幼馴染みにして従者だった騎士の元に、いつものようにお茶を出す準備を整え執務室をノックした。

今までは「どうぞ」とかけてくる声を待っていたが、訪れたのは勝手に開く扉の音だった。

「そろそろだと思っていました」

まさかの上司からのお出迎えである。

私は、動揺を堪えながら「失礼します」とだけ言って、執務室の中に入った。

「いい加減自覚してください。私はもうローズマリーじゃないんです。今は貴方が私の主人なんです！」

彼のお気に入りである柑橘系のお茶を力いっぱい差し出しながら私は告げた。

初めは「主人に茶を淹れていただくわけには」と遠慮していたアルベルトだが、本来の立場を今のように延々言い聞かせ、侍女の仕事をさせてもらっている。

「承知しています。マリーは私の侍女です」

嬉しそうにアルベルトが答える。

「だったら朝から敬語で話しかけたり、扉を開けに来たりしないでください」

「それは無理です。貴女は私が忠誠を誓った方ですから」

さっきと言っていることが真逆じゃないか。

私は押し問答のようなアルベルトのやり取りに辟易（へきえき）し、彼を無視してお茶のおかわりを入れたポットを用意した。

ローズマリーが生きていた頃、アルベルトは騎士になりたてだった。

騎士団で一部隊を任されるぐらいの実力を発揮した後、王妃となるローズマリーの護衛騎士になる予定だった。

まだ若手の一人であった彼とローズマリーは王宮では顔をたまに合わせる程度の間柄だったが、会えばアルベルトは変わらぬ忠誠を常に告げていた。

「貴女のお役に立てるよう今日も励んで参ります」

自分には剣術しか能がないから。

だいぶ精悍な顔つきになり、騎士らしくなったアルベルトが誇らしかった。

自分も彼に恥じない王妃になろうと思っていたものの、結局ならずじまいに終わってしまったが。

「マリー様は」

ジロっと睨む。

アルベルトがコホン、と咳をする。

「マリーはいつから以前の記憶をお持ちだったので？」

「半年ほど前です。以前から何となく生活する時に知らないはずなのに理解していることがあったりはしたのですが、それがローズマリーの時の記憶だと思い出したのは最近です」

それが、偶然にも首元に縄をひっかけた時だったなんて彼にも弟にも絶対に言えない。

言えば絶対に悲しむからだ。

「思い出していただけて嬉しいです。こうしてまたお会いできたのだから」

胸元に手を置いて喜びを表現する彼の微笑みに照れ臭さを感じ、視線を外す。

「そうはいっても、私はローズマリーそのものではありません。私はマリーですから」

「存じ上げています。同じように私も貴女が知っていた頃のアルベルトではありません。お互い様です」

確かに、ローズマリーだった頃のアルベルトはこんなに口が達者ではなかった。

不器用で、けれども剣に直向きな少年らしさを残していた。

三〇代も半ばを超えた大人の男性となった彼は、もはや当時の記憶からすれば全くの別人だろう。

「あいにく、年だけをこうして重ねてしまいましたが実力は当時より上回ると自負しております。安心して護られてください」

何から護るんだ、何から。

「一介の男爵令嬢である侍女を護るというにはアルベルトの立場は上すぎます」

「立場は関係ありません」

手を掬い取られ、かつてごっこ遊びでやっていた騎士の誓いを立てる。

手のひらに微かに残る唇の温もり。

「忠誠は今も貴女にありますから」

とうに許容を超えたアルベルトの行動に。

結局仕事が手につかなかった。

「そういえば、最近王子がいらっしゃいませんね」

ローズマリーであることがバレてから幾日が経ち、明日はついに非番の日となる。

非番と非番の間に必ず一日は顔を出していたはずのリゼル王子が訪れなかったことを思い出した。

そもそも、レイナルドに王子をどうするか相談しに行ったというのに、まだ解決方法が出ていなかったではないか。

「そのことでしたらご心配なく」

普段の無表情が嘘のようにアルベルトは笑った。

「ちゃんとレイナルド卿と共に手は打っております。マリーは気にすることはありませんよ」

いつの間に。

嫌な予感しかないアルベルトの言葉に、不穏な感じしかしない。

けれども私の騎士は笑っているだけで答えない。

笑顔のまま答えを伝えることのないかつての幼馴染みの姿に、私は諦めることにした。

トビアス・エディグマが長女、マリー・エディグマの誕生を知ったのは、領地内の視察中のことだった。

昼前に陣痛が始まり、早々と可愛らしい女児が生まれたと聞き、急いで屋敷に戻った。

愛する妻は、長男の出産時は難産であり、今回の子も時間がかかるかもしれないと言われていただけに、急な展開に驚きながらも喜びはやる気持ちで馬を走らせた。

春先のことだった。

野原を駆けて帰路に向かう最中、突風がトビアスを襲った。

急な風に目を閉じる。

頬に何かがあたると思い目を微かに開いたら、大量のマリーゴールドが咲き開き、突風で散った花びらがトビアスに飛びついてきていた。

まるで祝福されたような感覚から、屋敷で健やかに眠る赤児にマリーゴールドから取ってマリーと名付けた。

マリーはとんでもなく賢かった。

辺境の領地ではろくに淑女らしい教育も受けられず、どちらかといえば村娘のような生活を余儀なくされているというのに、時折訪問する客人に対して丁寧にカーテシーをする。

いつ覚えたのかわからない丁寧な言葉でもって客人を歓迎するため、素晴らしくできた娘だと称賛されている。

「マリーはどこでマナーを覚えたんだい?」

幼い手を繋ぎながら彼女に聞いてみたら、不思議そうにこちらを見上げた。

「おぼえてないよ。知ってたの」

まだ幼い少女が知るには果てしない淑女の嗜みを当たり前のように使う娘が不思議ではあったが。

「マリーはお利口さんだものね」

何があっても彼女を肯定する妻の様子を見て、トビアスは深く追及しなかった。

彼女が生まれつき持った才能だとしたら、それを受け止め個性として愛することこそ父や母の役目だ。

ついでに自由奔放な兄に対して逆に礼儀を教えてあげてほしいぐらいだった。

トビアスは家族が大好きだった。

しかし、彼の愛する妻は呆気なく世を去った。

持病を持ちながらも恋愛の末に結婚し、一時は子供も難しいと言われていたが、それでも妻は子供を望み、二人の子宝に恵まれた。

「トビアス。私に幸せをありがとう」

別れを察して妻が告げる。

「愛しているわ、スタンリー。お父様やマリーのことをよろしくね。あまり困らせては駄目よ?」

「わかってるよ」

ぶっきらぼうな態度しかできない長男の目頭には涙がたまっていた。

「マリー。私の可愛い子。もっと一緒にいたかったのにごめんね。お母様、ずっとマリーの側にいるからね」

まだ小さな少女は黙って母の手を強く握っていた。

最後の灯火が消えるその時まで、家族全員で過ごした。

毎年妻の命日に大輪の花を飾る。

花や自然を愛した妻に相応しい景観の良い場所に棺を埋めた。

長男のスタンリーは一緒に行かなくなってしまったため、長女のマリーと二人で花を飾り祈る。

妻のことは今でも愛している。

だが、忙しない生活の中で悲しみが風化してきていることもまた事実。

そんな中、ポツリとマリーが呟いた。

「次のお母様も、またお母様がいいな」

「マリーは面白い考えをしているね」

生まれ変わってもまた家族でいるなんて素敵な考えだと思った。

トビアスもまた生まれ変わることがあるならば、妻を望みたい。

のんびりと聞いていたトビアスは、次の娘の言葉に声を失った。

「だって、前のお母様はマリーを見てくれなかったんだもの」

前のお母様。

「……マリー。前のお母様って誰のことだい？」

平静を装って娘に尋ねてみたが、娘は自分の言ったことをうまく理解できていない様子で、

「わかんない」と言って笑った。

教えた記憶のない礼儀作法に、前にもいたという母親。

トビアスは何となくではあるものの、マリーが持つ記憶が何を意味するものなのか感じ取った。

だがそれがどうしたというのだ。

彼女が生まれつき持った記憶だとしたら、それを受け止め個性として愛することこそ父の役目だ。

そうだろう？

トビアスは墓地に眠る妻に心の中で語りかける。

もしトビアスの考える想像が事実だとしたら、いつか妻と再会する日が来るかもしれない。

それは何て素敵なことだろう。

◇

非番の日。つまり、レイナルド、アルベルトの三人で集まる日である。

あまり人に見られると噂が立つため、騎士団長の鍛錬場まで馬を回してくるとアルベルトに言われ、私は身を潜めながらアルベルトが来るのを待った。

時間を持て余し靴先で小石をいじっていると、遠くから蹄の音が聞こえてきた。

到着したのだと顔を上げたけれど、私の頭には疑問符しか浮かばなかった。

馬に跨ってやってくると思っていたアルベルトではなく。

一台の馬車が私の元までやってきたからだ。

「マリー嬢」

ちょうど同じタイミングで馬に乗り駆け寄ってきたアルベルトが私の前で降りる。

「あの馬車は何でしょうか」

「レイナルド卿ですよ。どうやら待ち合わせの時間まで待てなかったみたいだ」

アルベルトの声は大変不満に満ちていた。

馬車が止まり、御者が降りる。私を一瞥すると深く頭を下げ、手を差し出してきた。

どうすれば良いかわからず、私は横に立つアルベルトを見上げる。

焦茶の髪を乱暴に掻きながら頷いた。

「レイナルド卿が隠密時に使用する御者なので問題ないです」

アルベルトの話を聞いて安堵し、御者に手を差し出そうとしたが、その手をアルベルトが掴み、己の肘にかけた。エスコートしてくれるらしい。

カーテンで閉ざされた馬車の扉を開ける。そして開けた目の前にも、手が差し出された。

「おはようございますマリー。お会いできる日を楽しみにしておりました」

太陽よりも眩しいレイナルド公爵の笑顔が迎えてくれた。

私は早々に疲れた心を叱咤しながら馬車に乗り込んだ。

向かいに座るレイナルド。縮こまるように座る私。

アルベルトは連れてきた馬に乗り、馬車の前を走る。

馬車には刻印も何もなく、窓も全て閉められカーテンがかかっている。確かに秘密裏に使用するためにあるような馬車だ。

「マリーは侍女の生活に不都合はありませんか?」

「ええ、とても性に合っています」

「そうなのですね。安心いたしました」

レイナルドは初め、アルベルト同様、私を姉呼びや敬語で接する態度を見せた。勿論断り、敬語を使わないよう、マリーと呼ぶよう固く誓わせた。

レイナルドはすぐに私をマリーと、今ある名で呼んでくれるようになったが、敬語に関しては人前以外では前のように話したいと懇願された。

普段公の場で会う機会もないため、渋々私は承諾した。

馬車がガタガタと舗装が行き届いていない道を走る。

目の前に座る男性は、ローズマリーの記憶に知る美少年だった弟とは全く違う成人した男性だ。

氷の公爵と呼ばれるのは彼の手腕だけを指すのではなく、その切れ長の瞳にも付随していた。

顔の整ったレイナルドの表情のない素顔はまさしく氷のように研ぎ澄まされ美しかった。

ローズマリーの時なら隣に並んでも不自然でない美形姉弟だったけれど、今の私だと場違いだなあ。

童顔の父と、美人系の母の間に生まれた私と兄は、どうもどっちつかずな容姿で生まれている。美人でもないけど、可愛いわけでもない。ただ、どちらも体型はスラリとしている。似ているところといえば体型ぐらいだろうか。

長い脚を組み、少し前のめりの姿勢をしながら穏やかに私を眺めるレイナルドの視線にどうすればいいのかわからず、開いてもいない窓を眺める。

「マリーの小さい頃はどのような暮らしをしていたのですか？」

レイナルドはこうしてよく私のことを聞いてくる。

「贅沢できるほどの領地ではなかったので、家畜の世話や畑仕事、編み物などをしていましたよ」

「それは大変でしたね」

「全然。とても楽しく過ごしていました」

ローズマリーの時には考えられない生活だろう。

私は心から生活が充実していたと思っている。

自分の手で育てた作物を収穫する喜び。生き物との生活。明日を無事に過ごせることを日々感謝し、育てた命を命の糧にする大切な行為。

書物や文献では絶対に理解できない現実が生活に溢れていた。

「とても充実していました。毎日が楽しかったです」

「それは良かった」

嬉しそうに微笑んでくれるレイナルドだけれども、彼の笑顔を見ても私は素直に喜べなかった。

何故なら、マリーとして生を受けた私が喜びを噛みしめている頃、レイナルドとアルベルトはローズマリーの死を受け止めていたのだから。

「レイナルド……」

私は彼のかつての姉として声をかけた。

翡翠色の瞳から笑顔が消える。私の思いを汲んでくれたのだろう。

「ずっと伝えたかったんです。私はグレイ王やティア王妃に復讐など望んでいません」

心の底から思っていることを、言葉一つ一つに込める。

「だからどうか、復讐を考えているのであればやめてほしいの」

これ以上、大切だった弟が血に染まり、悪に染まる姿を見たくない。

それが亡きローズマリーによってもたらされたのであれば、止めるのもまた生まれ変わった私の役目。

真剣な思いを感じてくれたのか、少し距離を近づけて私の両手を握りしめてくる。

「姉様の気持ち、十分に理解しております。私のために心を痛める優しい姉様ですからね」

握りしめた私の手を頬にすり寄せ甘える。

「姉様を悲しませることはいたしません」

「絶対に？」

「絶対に」

しばらくレイナルドの瞳を見据えた。

正面から私を見つめ返してくれるレイナルドの瞳に揺らぎはない。

「…………ありがとう」

私はようやく懸念していた気持ちに終止符を打った。


先日訪れたカフェテリアの個室に入り、円卓席に三人で座る。

私にはミルクティー、レイナルドは珈琲（コーヒー）、アルベルトは柑橘系の紅茶。

給仕をしてくれた女性が私たちの姿を見て、少し怪訝（けげん）そうにしつつ退室した。

無理もないよね。三〇過ぎた麗しき二人に田舎娘。

けれども二人は全く気にせず私を眺めて笑っている。

「こうして三人でお茶をするのはいつ以来でしょうか」

「姉様が王宮で暮らす前だからね、二四年ぐらい振りじゃないか？」

二四年。

それだけ聞くととても年を召した気がする。

「そうよね……私がもし生きていればアルベルトと同じ三六歳なのね……」

なんてことだ。

子供が三人ぐらいいてもおかしくない年齢だ。

子供といえば。

「二人は結婚しないの？」

二人の茶器を持った手が止まった。

先に茶器をソーサーに置いたのはアルベルトだった。

「そうですね。騎士の務めが忙しくて考えもしていません」

「私もです。まだローズ領は安定していませんから」

「そうなのね」

勿体ない。彼らの噂は侍女として働く前から田舎町であるエディグマでも耳にしていた。

顔も良く身分も高い二人の妻の座を狙って、彼らが出る宴（うたげ）には地方からも令嬢が押し寄せる

とか、彼らの出席する社交パーティがあれば招待状が争奪戦だとか。

勿論、男爵令嬢かつ田舎娘として育った私は彼らが出席するようなパーティに出向いたことはない。

「私としてはマリーの結婚についてお聞きしたいです」

「そうですね。こうして王太子の婚約者候補の侍女に入っているということは、まだ婚約者はいらっしゃらないと思っても？」

興味津々に尋ねる二人に対し、私は素直に頷いた。

「全くもってそういった類の話はないですよ」

「どなたか想われている方は？」

なかなか突っ込んで聞いてくる。

「いません。いつかはどなたかと結婚したいとは思っていますが」

父の後継に関しては兄に一任しているが、兄も未だ独身。

最悪、兄が爵位を継がずに王都で生涯を終えるかもしれないことを考えると、私がエディグマ領の後継を産まなければならない。

まだまだ遠い先の話だけれども、適齢期が過ぎるまでには落ち着かないと、とは思っている。

「…………？」

急に二人して黙るため、飲んでいたミルクティーをソーサーに置いて二人を見た。

レイナルドは凍てついた笑顔のまま私を見て、アルベルトは何の難題があるのか険しい顔をしていた。

「そうそう、王子の求婚の件なのですが」

レイナルドが話題を切り替え、不思議議な空気を変えた。

まだ解決していなかったものの、アルベルトに一任して良いと言われていた王子のことを思い出し、私は少し焦る気持ちでレイナルドを見た。

「しばらくは私とアルベルトに任せていただきたいとは思いますが、それでも万全ではありません。王宮にいる限り王子に会う機会が生まれてしまうでしょう」

「それはそうですね」

好いてくれていることは本当に嬉しいが、立場がそれを許さない。

私はレイナルドの言葉の続きを待った。

「そこでですね。マリーにはローズ公爵家の侍女となっていただきたいのです」

「はあ?」

私の代わりと言わんばかりに大きな声で突っ込み返したアルベルトの様子から見て、どうやら彼も知らなかったらしい。

悪役令嬢から男爵令嬢になり、王宮侍女から次は公爵侍女。

私の名称はいつになったら落ち着くのだろう。

レイナルドが告げた言葉によって、和やかだったお茶会の空気が一瞬にして凍りついた。

「彼女は我が騎士団の侍女です。それはこれからも変わりありません」

「それでは王子からも政略争いからも逃れられない」

「護ってみせます」

「剣しか能のない騎士風情に何ができる」

これが、二〇年より前には和やかに過ごしていた幼馴染みと弟の姿なのだろうか。

私は怖くて口出しできずに二人の会話を聞いていた。

「ローズ領が安全だと言えますか？　王の配下が潜んでいるかもしれないでしょう。誰がマリーを護るというのです」

「王宮以上に危険な場所はないと思うが？　それにリゼル王子をどうするつもりだ。時間稼ぎはもう持たないだろう」

「…………」

幼い弟は口が回るし機転もきく賢い子供だった。こうして四つ上の幼馴染みに対して口で負かしていたのは昔も今も同じだが、内容が内容なだけに私はどうしたものかと冷えた紅茶を飲み干した。

「私は……」

「アルベルト。私はもう、姉様を手許から引き離したくない」

レイナルドが領地で不安に駆られている間に罪を着せられ、気づけば取り返しのつかない状態になっていた。

弟が今でもそのことを引きずっていることが感じ取れた。

「私も同じです。もうお側を離れたくない」

アルベルトもまた、遠征の指示がある間に事が済んでいた。

二人から窺える悔恨の深さに、私は何も発することができなかった。

何故もっとグレイ王子やティア、ダンゼス伯爵のことを警戒しなかったのだろうかと、悔やむばかりで。

誰もが悔しさを胸に残し続けてきている。

「アルベルト」

どうにかしたくて、私は騎士の名を呼んだ。

「王子との件が落ち着いたら騎士団侍女に戻していただけますか？　私としても仕事を覚えたばかりなので、去るにはとても寂しいです」

きっと最善の策は、王宮から離れることにあると思い、アルベルトに意思を固めてもらうために声をかけた。

私自身、王宮には何の興味もないけれど、ニキやようやく名前を覚えた騎士団の方たちと別れるのは寂しい。けれども、これ以上リゼル王子の想いを隠し通すのも無理であることはわかっていた。

恐ろしいのは、王子の気持ちを悪用する者が出現し、私を駒に事を動かす者が現れること。

ローズマリーの時に散々痛い目を見た。これ以上、現世でも辛い思いを誰にもさせたくなかった。

「わかりました……」

重苦しい雰囲気と共にアルベルトが承諾してくれた。

「それではマリー。次にお会いする時には私の領地でお会いしましょう」

すぐに手続きを進めると約束をしてくれたレイナルドは、ローズマリーと交わし合っていたように頬に口付けをしてくれた。

挨拶の代わりだというのに、紳士となったレイナルドの自然な口付け。

まるで別人からの挨拶に思えて、少し気まずさを覚えながら私もレイナルドに返す。

私のキスに嬉しそうにし、それでも別れる時の顔は悲しみが隠れている。

恐らくそれは、生涯私たちを縛る呪いだろう。

別れは即ち死を表していた時を思えば致し方ない。

せめて悲しみが消えるよう、私は微笑んだ。

「ローズ領、楽しみにしています」

「はい。姉様が好きだった花と、マリーが好きな花を揃えてお待ちしています」

名についた薔薇とマリーゴールドを揃えて。

季節がいつであろうと、きっと成し遂げる意志の強さを感じた。

帰りは馬車だと余計に目立つことを理由に、アルベルトが乗ってきた馬に乗らせてもらった。

相乗りして馬を走らせるアルベルトから一声もない。

まだ納得できていないのだろうか不安になる。

「寒くありませんか?」

ようやく聞こえてきた声に、私は首を横に振った。

空は既に夕暮れ時となり、茜色の空が広がる。

走らせていた馬が歩き出し、遂には止まる。

「アルベルト?」

人通りが少ない畑の道だった。舗装が行き届かず、行きに揺れを強く感じた場所だろう。城内のはずだというのに、人も家も目立たない広場だった。

振り返り見上げたところに、苦悶に満ちた顔が茜色に染まっていた。

彼はまだ、納得できていないのだ。

たとえ理性でわかっているとしても、気持ちが追いつかない。

無表情なのに感情的な幼馴染みらしかった。

「アルベルト。今度は絶対に大丈夫だから」

手綱を引いている手の上に指を添えた。

無骨な手は剣だこができている。所々に傷が残る肌。ローズマリーが知らない間にできた傷が、彼の成長と年月を紡いでいる。

私はこの手が誇らしかった。落ちぶれることもなく、ずっとローズマリーの騎士でいてくれたアルベルトが誇りだった。

「心配してくれてありがとう」

ローズマリーの時には素直に伝えられなかった気持ちが今なら伝えられる。

身分も何も関係ない、たった一人の私の騎士。

「貴方が護ってくれるって信じています」

伝えた瞬間、力強い腕が私を抱きしめた。

手綱を掴んだまま私の肩に手を回し、首元に焦茶の髪が届き頬をくすぐる。

突然の抱擁は、恥ずかしさ以上に動揺を生んだ。

「どうしたの？」

答えはなく、余計に力が込められる。

苦しいぐらい抱きしめられ、段々羞恥心が強まってくる。

思えば家族以外にこんなに抱きしめられることは初めてだった。

それも私をひと回り超えた年上の男性に。

父親とは違う香りが鼻腔につく。

不快ではない安心できる香りだった。

あまりに強く抱きしめられるため、恥ずかしいながらも相手を落ち着かせるように体をずらしてアルベルトの背中に腕を回した。

筋肉の引き締まった、逞しい背中。

これが私を護る騎士の背中なのね。

「アルベルト？」

「…………何でもありません。失礼いたしました」

ようやく顔を上げ、至近距離で微笑んでくれた。

その笑顔に私もホッとして笑みを返す。

「参りましょう」

手綱を改めて引き、馬を歩かせる。

何故、アルベルトが急に私を抱きしめたのか答えはなかった。

しばらく黙って馬に乗りながら、私はずっと体に残るアルベルトの温もりと、彼の香りを思い出しては、茜色に頬を染めていた。

◇

「アルベルト！　アルベルト待ってくれ！」

長い廊下の端から全速力とばかりに走る青年の姿に、アルベルトは一つの覚悟を決めた。

いつかは問われるだろうと思っていたことが、今から起きることに身構えた。

「リゼル王子」

「マリー嬢は！　彼女にどうして会えないんだ！」

「声を静めてください。誰が聞いているかわからない」

赤い長髪を乱れさせた王子は、事態の重さに気づき辺りを見回した。幸いなことに人影はなかった。

「どうぞこちらへ」

アルベルトは鍛錬場の陰に王子を連れていった。

人の気配を気にしながらリゼルがアルベルトを問い詰めた。

「伺う書状を渡しても貴方に急務があると言って断ってから七日以上経っている。ここまでされたら僕だって意図的に距離を置かれているぐらい気づく」

「申し訳ございません」

「謝罪が欲しいわけじゃない。理由を聞きたいんだ」

直向きなリゼルの表情に、アルベルトは顔を僅かに歪ませた。

「……勘づいている者がいるようなので、しばらく様子を見させていただいておりました」

「もう？　早すぎないか」

「皆、王子の結婚を急いています。週に一度以上こちらに訪れていれば時間の問題となるでしょう」

嘘ではなかった。マリーだと特定はされていないものの、昨今の王子の様子から目当ての相手ができたのではないかと噂されていることをアルベルトは知っていた。

知らぬは当人だけといったところだ。

「この際僕はどうでもいい。マリー嬢は、彼女に被害がいっていないだろうか」

はっきりと恋い慕うようになったリゼルのマリーへの恋慕は日毎(ひごと)に増していっていた。会えば会うほど彼女に惹かれる王子の恋情は増す一方だった。

初恋に浮かれるには遅すぎる年齢だったが、アルベルトにも覚えのある病だ。どうにかしようにも手の施しようがないことはわかっている。

それでも、思い通りに進めるわけにはいかない。

「時期を見て彼女をローズ領侍女として預かっていただくことになりました」

「何だって?」

リゼルの顔に一瞬凶悪さが現れた。

普段温厚であるはずの彼から嫉妬や独占といった欲が生まれた瞬間だ。

が、すぐに冷静な王子の顔に戻る。

「そうか……確かにレイナルド卿の元であれば安全ではある。しかし……」

ローズ領は北部地方にある。王都からは距離がありすぎた。

それは、アルベルトも痛いほどにわかる事実。

「事が落ち着きましたら騎士団侍女に戻します。必ず」

それは、リゼルのためでもなく、アルベルト自身のために。

「……せめて一目だけでも彼女に会いたい」

「…………ご辛抱ください」

苦渋の決断であることは、二人にとって共通することだったが、アルベルトは心を隠し王子に告げた。

落ち着きを取り戻したリゼルと別れ、アルベルトは執務室へ向かう。

本日の実務を終えたマリーは既に自室に戻っており、彼女が昼頃に淹れてくれた紅茶が冷めたままデスクに置かれていた。

執務室の椅子に座り、アルベルトは頭を抱えた。

マリーと出会い、彼女がローズマリーと知ってから、アルベルトは感情をどこに向けて良いのかわからなかった。

二度と会えないと思っていた想い人との再会。

生まれ変わった彼女はもう婚約者のいる立場ではなく、身分もアルベルトより下だった。

彼女に捧げた忠誠は何一つ変わらない。

そして、彼女への恋慕も何一つ変わっていない。

アルベルトはリゼルが羨ましかった。

彼のように素直に想いを届けられればどれだけ幸せだろう。

ローズマリーに対してこの想いが叶わないと、小さい頃からわかっていた。

だからこそ閉じ込め続けた思いが、今ならばと浅はかな欲望と共にアルベルトに囁いてくる。

まるで悪魔のような囁きだった。

それでも、未だ完遂していない復讐と、今でも被害が及ぶかもしれない危険な状態であることが抑止力となる。そのことがアルベルトにはありがたかった。

想いを告げられなくても、想いが叶わなくても。

側にいられるだけで幸せだったのは、昔も変わらない。

マリーとなり侍女となり側にいてくれる今が、アルベルトにとって幸せな時間だった。

(もし彼女が、ただの侍女で、何も覚えていないマリーとして仕えていたらどうなっていたのだろう)

不毛な、たらればを考えては現実を思い出す。

(私はローズマリーだと知らなくても彼女を想っただろうか)

わからない。ただ、良い印象はずっと持っていた。

騎士団の鍛錬場に現れたマリー。

仕事を真面目にこなし、少しでもアルベルトの疲れが取れるように安らぎを与えてくれたマリー。

それが仕事であったとしても、これ以上ない癒しだったのは確かだ。

(マリー……ローズマリー様)

アルベルトの人生をこれ以上なく掻き乱す二人の女性の顔が思い浮かんでは消えていく。

いっそ憎らしいほどだった。

ただひたすらに忠誠を誓うだけで終われば良かったのに。

生まれ変わり目の前に現れたことで、アルベルトの心を支えていた均衡は崩れ落ちた。

それでも尚、彼は騎士であり続ける。

変わらぬ忠誠は彼女の魂と共にある。

唯一自我を保てるのは、彼女の騎士であることだった。
思い通りに事を進め、彼女を閉じ込めようとするレイナルドも。
ひたすら真っ直ぐ愛を囁けるリゼルにもできない。
昔からアルベルトにしかできない、ただ一つの彼女の愛し方だった。

慌ただしい日常の流れはまるで駆け足のように通り過ぎていく。

つい先日までエディグマの田舎風景を眺めながら生活していた私が、華やかな城内で侍女勤めをしていたかと思えば、絢爛(けんらん)たる騎士団の侍女になり。

そして今、北風が心地よいローズ領の侍女になるのだから。

「良い景色」

「マリーなら気に入っていただけると思いました」

薔薇印章が刻まれるローズ公爵の馬車に乗り、私は広大な山に囲まれた土地を窓から眺めていた。

あろうことかその向かいに座るのは、私の主人になるレイナルド・ローズ公爵。

書類手続きのついでだからと、私と共に移動しようと言ってくれた。

正直、その好意はありがたかった。

荷馬車を繋いで移動するには結構な距離があるローズ領は、直接馬車で走らせても丸一日かかるほどの距離にあった。騎乗して走れば半日と少しで到着するけれども、私は馬を走らせることもできないし馬車を使うお金もなかった。

そんな私にアルベルトが送ると言ってくれたけど、たかが一人の侍女のために騎士団長を使うわけにもいかず困っていたところにレイナルドからの助け舟。

私は素直にレイナルドの提案に賛同し、今に至っている。

正面に座るレイナルドは、長い馬車の移動で疲れるために、何度か長い足を組み直している。

王都近くのカフェテリアで会う時には威圧的な雰囲気を醸し出していたが、自領に戻るということもあり今は穏やかな印象だった。

少し伸びた前髪は、ローズマリーと同じく微かに癖があり、わずかにはねている。

髪色はまとめている時にはわかりづらかったが、薄茶色だった。

少年の頃はローズマリーと同じ金色だったが、成長した彼の髪質は変わったらしい。

恐らく彼の母親と同じ色なのかもしれない。馬車の薄暗い場所では薄茶色にも見える、

「どうしました?」

穏やかな笑みを浮かべながら問われる。

「改めて大きくなったなって思っていました」

「それもそうですね」

指を手に当てながら笑うレイナルドの笑顔が穏やかで、私は心に潜んでいた不安が溶けていった。

新しい地に向かうことに緊張していた心が、レイナルドと話すことで落ち着きを取り戻してきた。

「マリーには申し訳ないのですが、実は屋敷には最低限の給仕しかいないのです」

「そうなんですね」

「はい。あまり人が近くにいるのは好きではないので。ああ、でもマリーは違いますからね。折角なので私付きの侍女として仕事をしてもらいます」

「わかりました」

領主のメイドなど本来なら名誉ある仕事だ。まだまだ新米の侍女仕事しかできない私だけれども、レイナルドのために少しでも役に立ちたい。

するると、馬の鳴き声と共に馬車が止まる。

窓を覗くと、新しく作られたばかりの城門に止まっていた。

「街に到着しましたね」

窓から覗く街並みは、王都よりは小さいけれども小さな家屋が長く連なっている。

舗装がしっかりされた路上には色々な人が物の売り買いをしていた。

見かける人の顔ぶれに違和感が生まれる。

「ローズ領は移民が多いのです。山脈沿いに住む村人たちがまとめて物を売り買いしに来たりしているんですよ」

「素敵ですね！」

だから彼らが売っている商品がどれも王都では見慣れない形や物だったのか。

嗅いだこともない食べ物の匂いが色々なところから漂ってくる。甘い匂い、辛そうな匂い。見ているだけで胸躍る光景だったが、しばらくしてもう一度馬車が止まった。

正面を見据えると大きな屋敷が林の中にそびえ立っていた。

「ここが私の屋敷です」

「街から随分離れたところにあるのですね」

入り口の扉から延々と林の中を走る。

段々町の喧騒が消え、静かな林道をひたすら進んでいく。

領主としては警戒した城内の造りだと思った。屋敷も近くで見ると、新しい建物が多かった中では異質なぐらい古い造りをしていた。

「この屋敷は以前の領主が使っていたものをそのまま使っているんです。古いですけど趣味はいいですよ」

なるほど。自分のことには無頓着なレイナルドらしかった。

馬車が止まるとレイナルドが先に降り、扉前から手を差し出される。

遠慮なく私は手を添えて馬車を降りた。

屋敷の前には主人の帰りを待つ屋敷仕えの者たちが並んでいる。確かに屋敷の規模にしては人数が少ないと思った。

「お帰りなさいませ」

「ただいま。今日から私の側近になる侍女のマリーだ。マリー、挨拶を」

「よ、よろしくお願いいたします」

急に領主らしい態度に変わったレイナルドに動揺しすぎて声が上ずってしまった。

自分から外では立場を上らしく振る舞ってほしいと言っておきながら、いざその場面になって混乱してしまうとは。

「マリーのことはリーバーに任せる。マリー、リーバーだ」

並んだ従者たちの中から、初老の男性が前に出た。

その顔に、ローズマリーだった時の記憶が蘇る。

(見覚えがある……)

「レイナルド様の執事でリーバーと申します」

「マリー・エディグマと申します。よろしくお願いします」

手を差し出され、私はその手を握り返した。

リーバーはローズマリーとレイナルドが小さい頃に世話になっていた執事の一人だった。

彼の一族は長くユベール一族に仕えていた。確か、リーバーの兄が父であるユベール侯爵に仕えていた。

私はレイナルドを見上げた。彼も私の気持ちを察したらしく頷いた。

「屋敷の中を案内します」

彼の声に、私は小さくお辞儀をした。

その場でレイナルドとは別れ、屋敷の正面玄関を通る。

ふと、心地よい花の香りがした。

色々な箇所に飾られている花瓶には、薔薇とマリーゴールドがそこかしこと飾られており、レイナルドが約束を律儀に守っていることに、私は微笑んだ。

「給仕たちはこの棟で過ごしていますが、公爵から貴女は側仕えということで、領主様の棟に部屋を用意しています」

「そうなのですか？」

屋敷の廊下を歩きながらリーバーに場所を紹介してもらっていたが、とんでもない発言に驚いてしまった。

「大丈夫です。ここの屋敷の者は皆さん口が堅いので、何があっても公言しませんよ」

「……？　……あ、違います。違いますよ！」

レイナルドとのあらぬ関係を示唆されたことに気づいて慌てて否定した。

するとリーバーは少し残念そうに私を見た。

「そうなのですか？　やっと若様にも春が来たと屋敷の者一同喜んでおったのですが」

「レイナルド様とはその、色々縁はあるのですが、そういう関係ではない、です……」

火照(ほて)るぐらいに顔を赤らめて否定している私を眺めながら、リーバーは笑った。

「まあ何が起きるかはわかりませんからね」

フォフォフォと、わざとらしく笑っている。

どうして立場が上である執事の彼が、私に敬語で接しているのかわかった気がした。

彼は多分、この機会をチャンスとばかりに独身を続ける公爵の妻を迎えようとしているのだろう。

私は違いますからと答えるしかなく、柔らかな絨毯（じゅうたん）の上を足早に進んでいった。

しかし悲しいことに。

彼が冗談まがいに言ったことが、屋敷内で周知されていたことがわかり。

私は新しい職場での立ち位置について悩まされることになった。

レイナルドは今、最愛の姉が亡くなってから久しく感じていなかった人生が最も満ち足りていると感じていた。

亡き姉の魂が自身の元に舞い戻ってきてくれたことは、既に信じなくなり、呪う対象にもなっていた神に感謝したほどだ。

この奇跡は、レイナルドが築いてきた復讐劇を姉に見せしめるために用意された舞台だとさえ思った。

しかし、かの心優しい姉は復讐を望んでいなかった。

優しくも残酷なローズマリー姉様。

二〇年にもわたり仕掛けてきた歯車は巻き戻すことなどできないというのに。

それでも健気な姉の生まれ変わりであるマリーの瞳が翳ることなどあってはならない。

復讐に燃えるレイナルドでも理性はあった。

ならば多少計画を変更し、こと速やかに終わらせようという考えに至った。

計画に番狂わせはつきものだ。

まず、リゼル王子に婚約者をつけようと計画したところから多少の狂いはあった。

なかなか婚約者を侍女の中から選ばない王子には少しばかりレイナルドを焦らせた。

レイナルドとしては、どこぞの令嬢に恋慕したところで、令嬢を丸め込むところまで計画に入れていた。

そして遂にリゼル王子が想う相手ができたとアルベルトより報(しら)せを受けて行動に移った。

ここで大きな番狂わせが生じる。

リゼルが恋慕した相手が、レイナルドが敬愛してやまないローズマリーの生まれ変わりだったからだ。

この出会いには感謝した。

侍女を集める策略をレイナルドが立てなければ出会えなかった奇跡だ。

国王に反乱を企(たくら)み共謀していた各諸侯には、計画が難航していることだけを伝えておいた。

本来の流れであれば懐柔すべき王太子の婚約者候補だったが、マリーとなった以上彼女を計画に乗せてはならない。

たとえ思惑通りに事が進まなかったとしても、レイナルドには支障がなかった。

それどころか、少しでもマリーと過ごせる日々を得るためにさっさと終止符を打つことを決めた。

所詮、リゼル王子の件に関しても、侍女であったティアによって立場を奪われた姉の過去を、復讐する者たちに同じ目にあわせるための趣向の一つでしかなかった。

忌まわしきティアが身分も下回る女に王妃の座を奪われる姿を見たいという、レイナルドのお遊びに、マリーを付き合わせるなどしてはならない。

その程度の感覚だった。

今、ローズ領たる自身の元にマリーがいる。

早々に仕事を終わらせマリーと語らいたい。

外出を減らし、仕事に忙殺されていた生活を改め、マリーの望むがままに過ごしたい。

幼い頃のレイナルドにはできなかったことを実現することができる。

心の底から喜びに満ち溢れた。

ただ、その生活を妨げる者が生じていることもわかっていた。

ローズ領にマリーを囲うと知った時のアルベルトの表情が脳裏に焼き付いている。

あれは、忠義ある臣下の顔ではなかった。

嫉妬に燃える男の表情だ。

アルベルトがローズマリーに、そしてマリーに向ける感情を知っている。

また、最悪なことにリゼル王子の件もある。

かつて裏切った婚約者の子供に、姉が懸想されるなどあってはならない。

だからこそ、レイナルドは余計に事を進めたかった。

復讐を終わらせ、アルベルトからも引き離し。

リゼル王子には諦めてもらう。

そして、マリーにはレイナルドと共に在り続けてほしい。

幸いなことに、姉の時には叶えられないとわかりきっていた婚姻という形によってレイナルドの元に縛りつけることが今ではできる。

もはや愛情が歪みきったレイナルドには、マリーに対する感情が姉を慕う感情なのか、異性を慕う恋情なのか判別がつかなかった。

ただ、側に在り続けてくれる手段があるのならば、その手を使うだけだ。

レイナルドは極秘裏に使用されている別荘の扉を開いた。

中にはかつて反ダンゼス伯爵派であった者や、中立を唱えていた者の姿がある。

二〇年にわたり繋げてきた人脈だ。

(早く終わらせてマリーの元に帰りたい)

帰る場所はいつだって姉の元へ。

「お待たせいたしました。始めましょう」

城の見取り図を卓上に広げながらレイナルドは言葉を紡いだ。

共謀の絆を深めるために用意されたシャンパングラスには。

氷の公爵が優美に笑顔を浮かべる光景が映し出されていた。

妹へ
知らないうちにお前が騎士団の侍女になったって聞いて会いに行ったらローズ領にいると聞いた。

お前は何しているんだ？

とりあえずローズ公爵には迷惑かけるなよ。

ついでに俺を公爵に推薦しておいて。

スタンリー・エディグマ

兄よ。

その質問を書状で送るのは遅すぎないかしら。

そして、全くもって心配するどころか自分を売り出せとはどういう性格をしているのよ。

私は乱暴に兄からの手紙を封筒の中に押し込んだ。

ローズ領に着いてからだいぶ経っている中で、兄からの手紙は初めてだったけれど、返す気分にはなれなかった。

それでも返事を書かなければと、引き出しから便箋を取り出した。

他にもいくつか手紙を書かなければならない。

私は改めて机に便箋を置くと、受け取った何通かの手紙を見返した。

ローズ領に到着し、一息ついてからまず父に便りを送った。

今はローズ領にいると伝えると、しばらくして安心した旨と、ローズ領のお勧め料理を教えてくれた。父は案外グルメなので、この情報はとても役に立った。

それからアルベルトから手紙が届いた。

執筆が不器用な彼の、少し斜め上に引きつった文字で私の安否を確認してくれる。

また、騎士団内からは、私が急に異動したことで不満の声が上がっているから早く戻ってくれると嬉しいと。

これには嬉しさが込み上がり、思わず頬も緩んだ。

ニキからの手紙も一緒に送ってくれた。

ニキからは『ローズ公爵が本命なの?』と、とんでもない展開の話が書き記されていたため、丁重に訂正しておいた。

彼女の中で私の恋愛成就が目的になっているのか、アルベルトについても書いてくれていた。

私がいなくなってから気が抜けているようで寂しそうだと。

また、時々苛つくようなところが見えるから、私が帰ってきてくれたらきっと良くなる。

早く話し相手が欲しいから帰ってきてねと。

アルベルトの様子が気にはなったものの、私が帰って改善するのかはいささか疑問である。

けれども仲良くなったニキには会いたい気持ちが募る。

彼女には私も会いたいという返事をした。

そして最後にリゼル王子だ。

急な異動に関する謝罪と、会えなくて寂しい想いをつらつらと詩人のように。

英才教育ここに極まれり。

王子という役目がなければ詩人としても通るのではないだろうか。

もしくは添削している方でもいるのだろうか。

とにかく、恋文だった。

とても、恋文だった。

私は読み終えるのに大変時間を要した。

リゼル王子には、社交辞令を交えた返事を書いておいた。

実際のところ、どう対応すればいいのか正解がわからなかった。

何度となく彼には王太子の婚約者にはなれないと伝えた。

彼は私が大きな責務を負うことを心配に思っていると感じ取っていたため、そこは絶対に守ってみせるよと言葉でも、手紙でも伝えてくれている。

そうではない。

私はローズマリーが死ぬ間際に思い描いた願いを知っている。

そしてその夢は、マリーである私自身にも通じていた。

その願いを叶えるには、王太子の婚約者という立場では叶えられないことを知っているからだ。

それでも直向きに想いを寄せてくれる王子に心が揺れないわけではない。

はあ、とひと息ため息をつきながら、私は便箋のインクが乾いたことを確認して封筒の中に入れた。

アルベルトへの手紙の返事は、正直何を書けば良いか一番悩んだ。

ニキが書いていたアルベルトの様子が脳裏に浮かびうまく言葉に書き記せない。

筆先を紙に置いては止まる。

どう書けば良いのだろうか言葉が思い浮かばないけれども。

とりあえず伝えたい一言を書く。

「私は無事です。落ち着いたらまた騎士団領でお勤めさせてください」

思った以上に私にとって騎士団の職場は居心地が良かった。

手紙を書き終え、城門付近にある投函所まで足を向ける。

既に夕暮れとなり、遠くの空には星がきらめきだしている。

「マリー」

背後から声をかけられ振り向くと、リーバーが立っていた。手にはトレイ。片方の腕にはストールをかけている。

「この時期だと冷え込むよ。ローズ領は盆地にあるから寒いんだ」

「ありがとうございます」

ストールを差し出されたため、ありがたく受け取った。

ストールと共にリーバーの手には二つのカップを載せたトレイがあり、一つを差し出される。受け取ると淹れたばかりのお茶が入っていた。

わざわざ私を見かけ、ストールとお茶を持ってきてくれたのだろう。

何か話が始まることを身構えたが、リーバーは静かにお茶を飲んでいた。

城門前から二人黙って景色を眺めていた。少し坂の上にそびえる城門前からの景色だと街並みが微かに見えた。

夜が近づくにつれ、街の上に煌々(こうこう)と灯(あか)りが目立ち始める。賑やかな灯りに比べると、屋敷はとても静寂に満ちていた。

「リーバー様は」

「うん？」

「リーバー様はレイナルド様にいつから仕えていらっしゃるのですか？」

ローズマリーの記憶でもリーバーのことは微かに覚えている程度だった。その頃、レイナルドには誰も従者が付いていなかったと記憶している。

「レイナルド様のご実家、ユベール侯爵が降格と同時に大量に使用人を辞めさせせなければならなくてね。私も職に困ると思っていた時に声をかけてもらったんだよ」

「それって……」

「レイナルド様が一三ぐらいの時だね」

まだ子供とも言える年齢でリーバーという優秀な人材を引き抜くとは。さすがとしか言えない。

「私の兄はレイナルド様のお父上の執事をしていてね。私はその下で燻っていた時だったよ。お前の力を借りたいと小さな少年が言うものだから、面白くてついてきたんだ」

そしたらこんなに面白いだろう？　とリーバーは笑う。

「私もマリーに聞きたいことがあってね。一体レイナルド様とはいつ知り合ったんだ？」

「……アルベルト様の繋がりで」

「ああ、アルベルト様か」

懐かしそうな声色から、リーバーがアルベルトとは旧知の仲だとわかる。

「二〇年以上レイナルド様を見てきたけれども、貴女と話すレイナルド様を見ていると昔を思い出すよ」

「昔ですか」

核心をつくようなリーバーの言葉に動揺しつつも、お茶を飲んで落ち着きを取り戻した。

リーバーもまた茶を口にしながら、空を見上げた先に何かを思い出していた。

「レイナルド様が姉上様と過ごしている時のようでね。懐かしい記憶さ」

「……レイナルド様のお姉様といえば」

「二〇年前に反逆罪によって処刑された悪女と言われる令嬢だよ。だがね、私はあの方を知っているが決してそんな方ではなかった」

リーバーの言葉に、私は心拍数が上昇した。

嬉しい。

亡くなったローズマリーは、国中から悪女と称されていた。悪女と言えばローズマリーと言わしめるほどに。

それでも、僅かにでもローズマリーを知る者は噂を信じずにいてくれたのかもしれない。胸の内が暖まる。

「マリーはあの霊廟を知っているか？」

「霊廟？」

リーバーが屋敷の端を指差した。

「マリーにも伝えておかねばな。誰も近づかないよう言われているが、あそこは霊廟でね。毎日レイナルド様が訪れている。誰も中を知らないけれど、恐らくはローズマリー様が眠られているのだろう」

「え……？」

まさか。

ローズマリーは犯罪者として処刑されている。

この国では犯罪者は土に眠らされることもなく、神の御許に向かうことも許されず火葬され、灰となる運命にある。

ローズマリーも同様の扱いを受けていたと思っていた。

「あくまで噂だけどね。だが好奇心で入ってはならないよ。昔、賊が入った時、あそこに足を踏み入れて二度と帰ってこなかった、なんて噂も立つほどだから」

ふざけた口調で言葉を濁しているが、多分事実なのだろう。

マリーはストールで巻いたはずの体が冷え込むような気がして、慌てて残りのお茶を飲んだ。

「さて。そろそろ夕食だ。夜にはレイナルド様も戻ってこられるだろう」

「わかりました」

私はリーバーと共に屋敷へ歩き出した。

最近レイナルドは仕事で外に出ることが多かったが、それでも夕飯の時刻辺りに戻ってくる。

そして毎日私に会いに来てくれる。

今日もきっとこの空に浮かんだ夜空の下で馬を走らせ戻ってきてくれるのだろう。

そうしたら昔と同じように「お帰りなさい」と伝えよう。

屋敷に入る手前で空を見上げれば一筋の流れ星が落ちた。

星が落ちるのは吉凶を表すという。

願わくば幸いでありますように。

私は心で祈りながら屋敷の扉を閉めた。

◇

リゼルは、想い人から届いた手紙を何度となく読み返す。

繰り返し、繰り返し、文章を覚えきるほどに。

胸元のポケットにしまい、執務の合間に開く。ふとした休息の合間に思い出しては読み、反芻する。

その文面が社交辞令だということは百も承知しているが、初めての恋に病に浮かされるリゼルにとってはマリーから届いた手紙が全ての憂いを打ち消してくれる御守りのように感じていた。

リゼルは一九年間、恋愛というものには興味もなく、ましてや自身にとって縁ないものであるということを承知していた。

生まれ育った環境は常人と異なり唯一の王位継承者。勿論、縁戚を含めればリゼル以外にも継承ができる者はいるだろうが、現国王の嫡子が自身しかいないことにより、幼い頃から王になることが定められて生きてきた。

大人たちに囲まれて育つ中、同年代が持つだろう感覚がリゼルにはわからない。年の近い臣下や家臣の子供などと話す機会もあるが、今ひとつ共感を得ることができなかった。中でも異性に対する感情は未知であった。

一般常識の範囲内で女性に対する扱い方や接し方、ひどい言い方をすればあしらい方や、果ては魅了すべき方法を知識としては知っている。残酷な言い方ではあるが、まるで剣術稽古のように女性に対する扱い方も教育されてきた。

正直、必要のない知識だと思っていたが、今のリゼルにとってはありがたい。

大分身分の差が大きいにしても、マリーは男爵令嬢という貴族の一員である身分を持っている。それが、名ばかりであろうとも、身分社会を重視する王家からすれば十分だろう。

それでも、ひたすらに想いを寄せてもままならないという事実を経験によって知った。

マリーは王妃になりたくないのだと、リゼルに強く伝えてきた。

その拒絶は身分が不相応という感情以上の嫌悪を示しており、リゼルとしても強要したくなかった。

しかし恋にいくら浮かされようと、盲目となるわけにはいかない。

リゼルは一人の男性である以上に国を治める立場になるべく育てられた。

その責務を放棄することは絶対にない。

だとしても想い人を、そうですかと簡単に諦めるほど、心も弱くない。

それ以上に、初めて手に入れられないものが存在することに、得たことがない感情が生まれることが楽しかった。

できない、仕方ないで終わらせるつもりはない。自身ができる精いっぱいの行動を示さない限り、リゼル自身も恋情を諦めきれなかった。

しかしリゼル自身のことを最優先にするには、現在の王政は脆く弱い。

盤石揺るがない状況になってからでなければ、落ち着いて自分のことも考えられない。

何より今、リゼルは王政が大きく揺れるような予感がしていた。

まず中立派たちの動きが怪しい。国の派閥の中でも、かつてダンゼス伯爵寄りであった王妃派と、古来より国王に従っていた国王派と言われる内部と暗黙に分かれているが、その二つの派閥からも様子がおかしいと聞いている。

急に始まったリゼルの婚約者探しに関しても、初めは国王派の者たちが動いていると思っていたが、よく調べると違っていた。

違和感が拭えない状態だったために、リゼルは独自に家臣を使い内部を調査させたが、想像以上に難航したようで報告が来るのも大分遅くなっていた。

そしてつい先刻、調査していた家臣から出た名前がレイナルドだったことで、リゼルはようやく納得がいった。

レイナルドは頭が回る男だ。

それでいて反王派でも、国王派でも、中立派でもない。派閥に属しているようには見せず、淡々と現在の地位に上り詰めたように見える。

勿論、そんなはずはないだろう。いくら小部族の反乱を抑え、隣国との外交を良好にした手腕があったとしても、内部に取り入るには人脈が必要である。

国王である父も、祖父であるダンゼス伯爵も警戒し、何度となくレイナルドを調べ上げていることは知っていた。しかし、共謀していると思われる人物が国王派から中立派と、様々な名が出てくる。

つまり、何かしら彼を陥れるために罠に嵌めようとも、味方から反対され擁護する声が上がってきてしまう。

父も祖父もどうしようもなく手を出せない状況に彼は自身の立場を置いていた。

そんな彼が、急に事を進めているような気配を感じ取った。

以前のリゼルではわからないぐらい微弱な変化。緻密に計画し、弱味を見せることがなかった彼にしては随分急いているようにも思えた。

彼のことを慕っていたとしてもリゼルはこの国の王子だ。多少王政に携われるようになり、王の代わりに執政に取り組むことも増えた。

父が決まった家臣に政治を一任していたがために生まれた軋轢（あつれき）を、今の自分であれば直せるかもしれない。努力が結果となるべく、日々信頼を取り返すよう進んできたつもりだった。

今が一番大事な時なのだ。

たとえ恩師であるレイナルドであっても、リゼルは妨げになるのであれば彼を止めなければならない。

リゼルにはリゼルの戦いがあった。

各大臣との会議の場で突然決められた婚約者候補を決める話も、平和を維持するために必要だと判断し承諾した。

リゼルにもわかっていた。早めに後継問題は落ち着かせるべきではあると。

しかし政治の道具にされるかもしれない婚約者のことを考えれば全てが落ち着いてからでも良いのではという気持ちもあったが。

どの派閥から婚約者を選んでも亀裂しか生まないのであれば、まずは侍女として仕えてもらう中で選ぼうと、誰が言ったのか……。

リゼルの周囲にはきつい香水や化粧の匂いがまとわりつくようになった。

よく女性嫌いにならなかったと自分を褒めたい。

逃げる口実に足を運ぶようになったアルベルトの元で出会った一人の女性。

侍女としての役割を忠実に守る姿は、今まで仕事もせずに城に住む女性と全く違っていた。

初対面の時から賢い女性だと思った。

軽装とはいえ顔がわからないように隠していたリゼルを、不審者として嫌悪するでもなく、正しい振る舞いをして迎えた。

相手を不快にさせないよう、しかし警戒を怠らない姿勢でもって接した時から、リゼルにはマリーが特別に見えた。

そして簡単に堕(お)ちた。

彼女が王妃になってくれればとも願った。

隣でリゼルを支えてくれれば、どんなに心強いか。

彼女自身に惹かれる一方、王に携わる者として彼女の持つ王妃に相応しい品格にも惹かれた。

その二つを兼ね揃えたマリーに惹かれないはずもないのは、どうにもリゼルだけではなかった。

好意を抱き、隠れて会いに行くようになってから幾日が経った後、彼女はリゼルから遠く離れた地で働くようになった。

ローズ公爵の元へ。

その時、第一に考えたことは彼女がレイナルドによって利用されているのではないかという危惧。

彼にはそうする理由もある。マリーを手駒としてリゼル自身に何か仕掛けてくる可能性を考えた。

心配するリゼルにはっきりとアルベルトは「心配ない」と伝えてくれた。

「レイナルド卿は決してマリー嬢を傷つけることだけはしないでしょう」

氷の公爵と呼ばれるレイナルドが本当に傷つけないのか不安もあったが、彼と親交あるアルベルトの言葉には重みがあった。

言葉の本心まではわからないが、少なくともマリーに何かあってもアルベルトがいれば大丈夫だろうと思った。

何故ならアルベルトもまたマリーに恋慕していたからだ。

恋愛に疎いリゼル以上に不器用なアルベルトは、見ていてわかりやすいほど彼女を想っていることは、言葉の端々からわかっていた。

騎士団領で働くマリーに会うためにアルベルトに書状で会う時間を決め、彼に会った時の表情からもわかりきっていた。

無表情に見えるのに、眼の奥から不満がジリジリと焼けるように燻っているアルベルトには悪いが、いくら尊敬する騎士団長が片思いしている相手だからと言って引く気は毛頭ない。

マリーは王家に必要であり、リゼルに必要な存在だからだ。

だからこそ、いくら恋敵（こいがたき）とはいえども、彼女に被害が及ぶようなことはしないだろうアルベルトから呼び出されたリゼルは、素直に彼の執務室へ向かう。

胸元に隠した手紙の入ったポケットに一度手を添えた後、執務室の扉を叩く。

「どうぞ」

リゼルを呼び出した本人の声。扉を開けると、ソファで茶の用意をしているアルベルトがいた。

自身で茶の用意をしているのは珍しく、「侍女は？」と聞いた。

「今日は非番です。マリーが抜けたために人手不足のままで」

リゼルに座るよう促し、ポットに入った茶を差し出してくれる。

湯気立つ茶の香りは少し強めの香り立つハーブティーのようだった。普段ハーブを嗜まないアルベルトには珍しい。

「実はもらった茶葉なのですが、どうも私の口には合わなくて。良ければ飲んでいただけますか？」

なるほど彼らしいと苦笑し、淹れられた茶を飲む。確かに香りがきついが悪くない。

「それで。呼び出した理由は何だろうか」

「そうですね。貴方ならもう気づいているかと思いまして」

アルベルトの言葉に少し警戒した。

彼がレイナルドのことを言っていると察したからだ。

リゼルとは異なる茶葉を用いながらアルベルトが自分用の茶を用意する。彼が最近好んで飲む柑橘系の茶は、マリーが侍女になってからずっと飲んでいるように思える。

それまでの彼には茶の嗜好（しこう）などなかった。そう、言われるままに飲んでいた。

少し違和感が浮かぶ。

彼に茶葉を贈るような相手とは誰なのだろうと。

今リゼルが口にしている茶を。

途端、意識が霞みだした。

眠くもないのに眠気のような感覚が襲う。

「何……？」

思った以上に呂律が回らない。まさかと思い、閉じそうなまぶたを必死に開きアルベルトを見た。

アルベルトは申し訳なさそうにリゼルを見ていた。

リゼルは、柔らかなソファに倒れ、香り立つ茶の入ったカップがカシャンと音を立てて床に落ちた。

胸元にはいつだって手紙をしまってある。

反芻して覚えた文章の末尾にいつも同じことを記してくれる彼女の想いを忘れないために。

『どうか民にとって良き王となりますよう、心よりお祈り申し上げます』

その民の一人である貴女のためにも。

リゼルは良い王になりたかった。

公爵付き侍女の一日を終えた。

疲れた体を、ありがたいことに使用できる浴室で洗い流し、寝巻きに着替えた私は用意されたベッドの上にダイブした。

レイナルドの言った通り、人の少ない屋敷は仕事量が多い。

むしろ、これが普通なのかもしれない。

王都内には侍女が溢れていたためにわからなかったが、実際はこれだけ忙しいのかもしれない。

適度な疲労感でウトウトしていたところで扉がノックされる。

ベッドから起き上がり声をかける。

「少しいいかな」

声の主はレイナルドだった。

私はベッドから出ると急いで扉に向かった。

開ければ漆黒の服に身を包んだレイナルドが立っていた。

「どうぞ」

私は扉から彼を部屋に誘導したが、レイナルドは少し驚いてから苦笑した。

「警戒心も何もないのは、喜ぶべきなのか悲しむべきなのか」

「警戒心と言われましても」

「いくら以前は弟だったとはいえ、今は他人でしょう?」

そう言いながらもレイナルドは遠慮なく入室してきた。

私はお茶を用意しようとしたが、レイナルドに止められた。

「少し話をしたら戻るよ」

口調が柔らかいことに、私はどこか安堵した気持ちで聞いていた。

仕事中のレイナルドは、彼の異名通り冷たかった。

淡々と仕事をこなし、必要最低限に接する。それは侍女として支える私にも同じだった。

私情を挟まない姿勢を評価しながらも、どこか寂しさを抱えていたらしい。

ただ、時が経つにつれて今まで姉に話していた敬語のような口調がなくなったのは良い傾向だと思った。もし第三者に見られたらおかしいことは確かなので、私としては今の話し方がとても安心できた。

「仕事はもう慣れてきたね」

「とても充実していますよ」

「リーバーが喜んでいたよ。できる侍女を連れてきてくれたってね」

ついでに嫁候補を連れてきたとも喜んでいるんだろうな。

乾いた笑いでもって返しておいた。

「これからのことだけど」

本題に戻り、私はレイナルドを見た。が、彼は私が立ったままであることに気づき、優しく私の腰に手を添えてベッドに座らせた。

彼は立ったままだったので、今度は私が隣に座らせるよう導く。

ベッドで隣り合わせに座るのは、幼い頃、眠れない彼を寝かしつける時によくやっていた。

小さな手を繋いでいたあの頃と違い、今では見上げる状態になっている。

「詳しくは言えないけれど、王都内が少し騒がしくなると思う。混乱に乗じて王太子の婚約者問題は一旦白紙にする予定だよ」

「そんなことができるのですか？」

「私だけの力ではないけどね。でも、可能だよ」

いとも簡単に言うレイナルドに驚いた。

国一つ動かすのにどれだけの人力がいると思っているのだろう。

「元々諸侯たちと一緒に王太子の婚約者問題とか、それ以外にも関しても色々話は動いていたんだよ。それが早まったってだけの話だから」

「具体的には何が起きるのですか？」

「残念だけどそれはまだ言えない」

「……私に何かできることは？」

言っておきながら、できることなど何一つないことはわかっている。

けれども手助け一つできないことがもどかしかった。

「あるよ。マリーにしかできないこと」

翡翠色の瞳が私を捕らえた。

至近距離にあった手が私の手をそっと摑む。

そしてそのまま抱きすくめられた。

「私の元から二度と消えないで」

祈りのように囁くレイナルドを。

私は黙って抱きしめ返した。


数日してレイナルドは一人王都に向かった。

早馬に跨り領地を後にする彼を見送り、私は仕事に戻った。

いつも通り仕事をこなしながら、漠然と不安が残っていた。

本当にこれでいいのだろうか、と。

蚊帳の外に放っておかれたような、胸のしこりが延々と残り続けるような違和感。

見上げれば空には鳥が気持ち良さそうに羽ばたいている。

固く閉ざされた屋敷の中にいる私は鳥を眺めながら。

まるでここは鳥籠の中のようだと思った。

レイナルドの執務室をいつものように掃除している時、書棚に置かれた一冊の本が目に入った。

「懐かしい……！」

忠誠を誓う騎士とお姫様の絵本。

ローズマリーがこよなく愛した絵本が置かれていた。

周りには難しい専門書ばかりの中で目立つ絵本に思わず手を伸ばす。

古びた書物をパラパラと捲る。もしかしたらユベールの屋敷からレイナルドが持ってきたものだろうか。

懐かしみながら読み続ける。あれだけ愛読したというのに、内容がうろ覚えだっただけに新鮮だった。

物語は小さな女の子が好みそうな、わかりやすい物語だった。

悪いことをする王様と囚われた姫。

一人の騎士が王様から姫を救い出し、そして姫に忠誠を誓う。

姫は騎士に守られながら王子様を迎えて国を幸せにする、といったものだ。

ローズマリーは王子に一切興味なく、何故お姫様は忠誠を誓う騎士と結婚しないのだろうなんて考えていた。

よくよく改めて考えれば、この絵本もかつて国で起きた内乱を題材に物語化されていたものだった。

悪政働く王を騎士が粛清し、新国王を立てるために縁戚だった王子を王都に呼び出し、王の唯一の血縁者だった姫と、王位を継承させるための政略結婚を行ったという歴史があった。

その時。

私の中にあった違和感が、一瞬にして晴れた。

同時に急いで部屋を出る。

まさかと思う気持ちと、もしかしたらという気持ちがせめぎ合う。
いてもたってもいられずに馬小屋へ走る。
「ああ、でも駄目だ」
私は馬に乗れない。
この遠方からでは何一つ動けない。
もどかしい。急いでレイナルドの元に行かなければ。
彼を止めなければ。
彼は物語のように王を粛清する。
そんな気がして、私は抑えきれない思いから馬に勢いよく跨った。
馬が驚いて足を高く上げる。
私は必死にしがみついた。
私は馬に乗れない。
でも、ローズマリーなら?
貴族として淑女として、王妃として学んできた中に乗馬があった。
「お願い、ローズマリー……！」
貴女の弟を助けるために。
私は経験がないはずの乗馬を必死で思い出し。
手綱をうまく引き寄せながら馬のたてがみを撫でた。

大丈夫、行けるはずだ。

道はありがたいことに移民のために舗装されている。

危険な賭けではあるけれども、今動かなければ後悔することがわかりきっていた。

馬が走る。

絶対に離さないと誓い手綱を手繰り寄せた。

「アルベルト！」

アルベルトは悲痛な叫び声を上げるリゼルの声に多少胸を痛めたものの、強固な意思を持って彼を閉じ込める扉に鍵をかけた。

彼がこの事態に登場しては余計に混乱するとレイナルドから言われていたため、事が始まる前に呼び出し、不意を突いて眠らせた。

レイナルドから渡された茶葉には睡眠効果のある薬が含まれていた。長年信頼してくれていた王子には申し訳ないが、処罰も覚悟に、詰所の一室に閉じ込めたところだった。

扉を閉める直前に目を覚ましベッドから起き上がるリゼルと目が合ってしまった。

リゼルの頭がまだ眠っている間に事を済ませておきたかったのだが。

「アルベルト！　どういうことなんだ！」

「すぐに終わります。どうかそのままお待ちください」

一言告げた後、共に計画を立てていた騎士に見張りを頼みアルベルトは騎士団の詰所から出た。

扉が激しく叩かれる音がまだ聞こえるが、罪悪感に打ちのめされている余裕はない。

レイナルドから書面で指示された計画実行の日付は本日。

恐らくレイナルドと反王家の諸侯たちは城に向かっているところだろう。

悪政蔓延る国を粛正するために国王と王妃を捕らえ、新たにリゼル王子を王とする。

それが、レイナルドが考えた復讐の結果だった。

復讐の内容を聞いた時、アルベルトはすぐにローズマリーが好きだった絵本の内容を思い出した。

彼女が好んだ物語のように復讐を終わらせることにしたレイナルドの気持ちを汲んだ。

それがマリーを慮っての行動だということはアルベルトにもわかった。

マリーと出会ったことで、かつての主君であるローズマリーは復讐など一切望んでいないことを知った。

ローズマリーは生きていた時のように民を思い家族を思い、平和を望んで死を迎えていたのだろうと思った。

しかしレイナルドもアルベルトも、言葉で理解していたとしても感情がそれに納得しなかった。

今も尚、ローズマリーを殺した者が生きているのかと思うと、憎悪が思い出したように心を蝕んでいく。

それでも残虐な方法でもって復讐を果たしてしまえば絶対にマリーは悲しむ。

それだけは、いくら復讐に燃える鬼となった者でも理解した。

だからこそ、少しでもわからないような、自分たちが納得できる復讐方法を考えた。

レイナルドの意見に賛同し、ようやく復讐が果たされる。

長年追い続け夢に見ていた復讐を果たす時に、心がとても高ぶっていた。

しかし、同時に虚しさも覚えた。

二〇年を費やした時に終わりを告げるのだが、こんなものか。

妙に呆気なさを覚えた。

まずは仕事を全うすべきと馬に跨る。

騎士団領から王城に向かう距離は短いが、念のため馬を使い移動しようと思った。

その時、遠くから馬の嘶きが聞こえた。

訝しんで馬の鳴き声がした方向に馬を走らせる。

静かな城内は、最低限の使用人しか置かず、一時的に王命を偽って暇を出していた。城内にいるのは大半が反王家の者たちだ。

馬の鳴き声と共に女性の悲鳴が遠くから微かに聞こえた。

アルベルトは鞍を強く蹴って走った。

城内がざわついている。同じように馬の鳴き声が気になる者がチラホラと集まっていた。今回の反乱から警戒するよう配置していたことが功を奏していたのか、幾人かの騎士が城門近くに向かっていた。

その人垣を馬で越え、城門を抜けたところで馬が暴れている光景が目に入る。

目を疑った。

「マリー！」

暴れた馬を必死に制御するようしがみついている少女こそ、マリーだった。

心臓が止まるほどの緊張を感じにアルベルトははやる思いで暴れる馬の隣に馬を走らせ、どうにか手綱を摑んだ。

マリーの乗った馬は何かに動揺して興奮状態にあり、どんなになだめても落ち着かない。必死で手綱を離さないようにしているマリーの姿が痛々しく、思わず叫んだ。

「こちらに飛び移れ！」

驚いて顔を見上げたマリーが、アルベルトの顔を見て意を決した。

馬が隣り合った瞬間、アルベルトの首にしがみつくよう飛び移る。

アルベルトはしっかりとマリーを抱き寄せ、乗っていた馬が驚き暴れるところをどうにか乗りこなし、落ち着くまでマリーを抱きしめた。

しがみついていたマリーの肌は汗ばんでいた。首にしがみつく手も震えている。息も絶え絶えにアルベルトの名を呼ぶ彼女が無事であることを心から感謝し、アルベルトは改めてマリーを抱きしめ直した。

一心不乱に馬を走らせてきたというマリーを騎士団詰所の一室に運び、簡易ベッドに休ませ、見習いに軽食を用意させた。

別室にはリゼルがいることが多少気になったものの、アルベルトはマリーを優先させたかった。

マリーは未だ疲労を見せながらも、「レイナルドは」と尋ねてくる。

その様子から、アルベルトは彼女が真相に気づいたことを察した。

だが、計画は止められない。

「今は事が動く前ですから。まずは貴女の体調を回復させてください」

聞けば休むことなく馬に乗り、ローズ領から王都まで走ってきたという。

マリーの無茶な行動にアルベルトは苛立った。一歩間違えれば賊に捕まり、二度と戻ってこられなかったのかもしれない。マリーは乗馬ができないというのに無茶も過ぎる。普段冷静なはずの彼女の無謀な行動を諫めたかったが、ひどい疲労を見せるマリーに強くも言えない。

何より、マリーが無茶な行動に思い立った時、自身が傍にいられなかったことも苛立つ原因の一つだった。

「アルベルトは計画に加担しているのですね」

既に落ち着きを取り戻したマリーが、全てをわかった上で聞いてきた。アルベルトは素直に頷いた。

「今の国王は腐りきっています。粛清することは民のためでもあります」

「確かに腐敗しているのはわかっています。粛清も致し方ないかもしれません。けれど、それ以上に事を荒立てるつもりではないですか？」

彼女の的確な言葉にアルベルトは口を噤む。

王を支える家臣たちが現国王を諫め、王を正しき道に戻すこともできただろう。

リゼルの協力を得れば事を大きくせずとも解決できる方法もあった。

しかしレイナルドは意図的にそうしなかった。

それが、復讐の一つであったからだ。

「アルベルト」

マリーが確固とした意志を持ってアルベルトを見据える。

「レイナルドに会わせてください。今すぐに」

「ですが」

「お願いします」

蜂蜜色の瞳の強さにひどく既視感を覚えた。

マリーと接する時から、時々ローズマリーの面影を感じることはよくあったが、今アルベルトを見ている眼が、ローズマリーが生きていた頃に見ていたそれと全く同じように思えた。

どこか言葉尻の強さから、普段マリーと接している印象がしない。

違和感が拭えないながらも、承諾することができずにいるアルベルトを、無言で問い詰める気迫。

どうすべきか躊躇している時、部屋の外から騒がしい声と大きな響き音が聞こえた。

警戒し、剣を鞘から抜き出した後、扉を微かに開けた。

外からの侵入ではなさそうだが、騎士団内が騒々しい。

「貴女はここでお待ちください」

マリーに声をかけ、まさかと思いリゼルを閉じ込めた部屋に走る。

不意を突いて閉じ込めたはいいものの、リゼルはアルベルトが幼少の頃より鍛え抜いた逸材でもある。

そう易々と閉じ込められている者でもないと、アルベルト自身わかっていた。あくまで自分がレイナルドに命じられていたのはリゼルに対する時間稼ぎだった。

それにしても早すぎるのではと、不安に駆られながらリゼルがいるはずの部屋を正面に見ると。

一人の騎士団員が廊下に倒れていた。

そしてその正面には、騎士から奪い取った剣を構えたリゼルがいた。

普段温厚な様子しか見せていなかった王子の、王族らしい気迫と共に。

アルベルトを睨みつけていた。

事は最悪の展開を迎えながらも、弟子のように育ててきたリゼルの王たる気質に。

心の片隅で誉を感じるアルベルトは。

所詮、復讐者である以上に一人の騎士だった。

❖

死に物狂いで馬を走らせている間に意識が大分朦朧としていた。

それでも何とか王都に辿り着けたのは、最早奇跡か。

それともローズマリーのおかげなのか。

今までには感じ得なかったほどに、私はローズマリーを身近に感じていた。

それまでは記憶として感じていたローズマリーの気配だったけれども、今はまるで分身のような、不思議な感覚だった。

憑依(ひょうい)しているような気持ちのおかげで、乗馬経験がない私は馬を遠駆けし、王都に辿り着くことができた。

疲労した身体はまだ回復を望んでいたがその余裕はない。

どうにか王都に辿り着き、アルベルトによって救われ、懐かしい騎士団の詰所で一休みさせてもらった。

時間がないことは承知しており、アルベルトへどうにかレイナルドに会わせてほしいと頼むが快い返答がもらえない。

もどかしい。

今すぐ城内に向かい、レイナルドと話をしたい。

外の騒音は落ち着いたようだがアルベルトが戻ってこない。

まさか置き去りにされたのではと、ベッドから立ち上がりそっと扉を開けた。

久しぶりに訪れた騎士団詰所は、私が働いていた時と異なる空気に満ちていた。

窓の外から何かを指示する声や走る足音など、忙しない様子が聞こえる一方、詰所の中は静かだった。

そもそも詰所は騎士が待機や仮眠施設として使われるため、人が少ないことは当たり前だが、騒ぎの前であるためか、全く人の気配がしない。

辺りを見回し、念のため人がいないことを再度確認してから部屋を出る。

足早に詰所内でアルベルトを探しながら廊下を歩く。

普段であれば騎士団員とすれ違うはずだというのに、人がいないため、人を探すには好都合だった。

静かな廊下で聞き覚えのある声が耳に入ってきた。

誰かと話している声は、久しく聞いていなかったリゼル王子の声色に似ていた。

私は姿が見えないよう、廊下の角で辺りの様子を窺った。

「貴方やローズ公爵が両親に復讐を考えていることはわかっていた。だが、それでは何も解決しない。歴史が繰り返されるだけだと何故わからないんだ」

強い非難じみた声は、確かにリゼル王子の声だった。

「過去をご存じないリゼル様にはわからないでしょう。大切な者を亡くす悲しみと怒りを」

そして、アルベルトの声が聞こえた。

彼らの会話に心当たりある私は息を殺し、会話を盗み聞くことにした。あまり良い行いではないが、会話の一端にローズマリーが関わっていることは確実であったからだ。

「私とレイナルド様がこの二〇年間、生きてきた理由をご存じですか？」

小さな笑顔と共にアルベルトは、「復讐という目的があったからです」と囁いた。

アルベルトの声色は低く生気が感じられなかった。

「元国王や王妃だけではない。ローズマリー様の死に関わった全ての者に同じ思いをさせたかった。それには貴方も含まれていました、リゼル王子。ご存じですか？　貴方の生まれる一年前に一人の罪なき令嬢が命を落としたことを。貴方自身には罪がないというのに、憎くて憎くて仕方なかった」

言葉で言うには簡単な復讐という言葉の意味が、私やリゼル王子にはわからなかった。

確かな殺意を伝えるアルベルトの様子に、私はゾワリとした感覚から鳥肌が立った。

「レイナルド卿とはそれこそ日が落ちるまで、夜通し復讐のために話し合いました。どのように処罰するか、どう殺してやろうか。復讐を成し遂げることを考えるしか生き甲斐がなかったんですよ」

レイナルドからもアルベルトからも、ローズマリーの死後、二人がどのように暮らしていたか聞かされたことはなかった。

けれど今、復讐を糧にすることしか生きていける術を持てなかったことが彼らの真実であることがわかった。

もし、ローズマリーが逆の立場であれば全く同じ行動をしたからだ。

大切な人を奪われる苦しみは計り知れない。当事者にしかわからない苦痛、悔恨、恨み。

置いていった側のローズマリーにもわからない。

生まれ変わり平穏に暮らしてきたマリーである私にもわからない。

レイナルドとアルベルトにしかわからない二〇年があった。

「それでも、レイナルドは最良の復讐の仕方で全てを終わらせようとしています。そして、その復讐を果たすまで貴方たちに邪魔されるわけにはいかないのです」

貴方たちという言葉に驚き、アルベルトに見破られていたとわかり、私は隠していた姿を見せた。

やはり気づいていたようで、アルベルトは真っ直ぐ私を見ていた。

「マリー嬢……！」

突如現れた私にリゼル王子が名を呼んだ。

視線だけで言葉に応えてすぐ、私はアルベルトを見つめた。

「わかっています。復讐をしたいという二人の気持ちは、わかっているつもりです。でも」

私の中に潜むローズマリーが、声なき声で叫んでいる。

その想いを汲まずにいられない。

ローズマリーは私の一部なのだから。

「放っておけない。一人にさせたくない。どうか」

ローズマリーが願う思いを届けたかった。

「レイナルドに会わせて。アルベルト」

私であるローズマリーの想いをどうにか届けたいと。

私は、願わずにはいられなかった。

❖

突如蘇ったローズマリーの記憶は、マリーという女性の中で密やかに芽吹き、ローズマリーという花を咲かせたように、全てを思い出した。

死を受け入れたローズマリーの人生に終止符を打った縄が首元にかすったことがきっかけで記憶が花開くなんて、とローズマリーの意識を強く持った彼女は自らを嘲笑した。

現世の生まれ変わりとして生きるマリーがローズマリーであった記憶を思い出した瞬間は、記憶の渦に飲まれ意識が混濁していた。

現世の彼女には前世の記憶が強すぎて、思い出して間もない頃はまるで、ローズマリーが蘇ったように意識を所有していた。ローズマリーという意識がマリーを支配するような感覚さえあった。

顔立ちは平凡寄りながらも人を癒すような優しい面影。背が高く体型は畑仕事などでしっかりしているマリー・エディグマこそローズマリーの現世。

父の愛と、亡き母の優しさ、だらしないながらも世話焼きな兄という恵まれた家族。

ローズマリーは、自身が最期に望んだ願いが実現したのだと改めて神に感謝した。

かつて恵まれなかった両親の情愛を沢山注ぎ込まれる現世に心から満たされていた。

ローズマリーは過去を思い出さず、マリーという現世を生き、永遠に眠り続ける存在で良かった。

マリーとして生きていくことで十分に満たされていたはずなのに。

どうして今、ローズマリーの記憶を思い出してしまったのだろう。

ローズマリーとしての意識が強く目覚めてしまった頃、思い出すのは弟であるレイナルドと騎士であるアルベルトのことだった。

誰よりもローズマリーに寄り添ってくれた二人に、ローズマリーは生まれ変わり、幸せであると伝えたかった。

マリーの姿のまま現れればきっと驚くだろうなと、苦笑した。

まずは彼らの所在を調べなければと思い至り、田舎からでは遅れて届く情報を頼りに調べようと思ったが、父であるトビアスの姿を見て現実に戻った。

そうだ。

私は今、マリーだ。

ローズマリーではない。

ローズマリーは過去の人間であり、既に命なき存在。

死者が生者に会うなどあってはならない。

おかしいことに現実を受け止められたのは、今の父の笑顔を見たからだった。

マリーである私は、「今」の幸せを手に入れているというのに。

ローズマリーという過去が、レイナルドやアルベルトの「今」に介入していいのだろうか。

何より、マリーという現世を、ローズマリーという過去に引きずらせてはならない。

何のために死に、生まれ変わったというのか。

ローズマリーは逢いたいと願う想いを殺し、マリーに自身のことは記憶として留めるよう強く意識して眠りについた。

二度と目覚めることなく、前世を思い出す前のように静かにマリーとしての生を感じようと思った。

一度目覚めてしまった前世の自我だけれども、時間と共に風化していくと直感ながら感じ取れたからだ。

しかし現実は思い通りにならない。

特に良い思い出もない王家からの命令によりマリーは王都に行き、会ってはならないと強く心に命じていたアルベルトとレイナルドに再会してしまった。

再会した時に見たレイナルドとアルベルトの顔を見て、ローズマリーとしての意識は懐かしさと同時に、彼らの笑顔の奥に潜む悔恨や復讐心を感じた。

もし行動に移すのであれば止めるべきだとわかりながらも、マリーとして生きる自分には何もできないただの死者であることがもどかしかった。

それでもマリーは、ローズマリーの記憶からローズマリー自身の思いを汲み取ってくれた。

現世と前世で別人でありながら同一である互いを認識し合う不思議な感覚をマリーもまた感じていた。

マリーの中で密やかに意識として芽生えたローズマリーは願ってしまう。

もし、もしマリーが許してくれるのならば。

一つだけ叶えられていない願いを叶えさせてほしい。

死ぬ間際にも願った大切な者を幸せにするという願いを。

奇しくも思い出してしまった前世の記憶に意味があるとしたら。

その願いを叶えるためだけだと、ローズマリーは思った。

『貴方がこの先幸せでいてくれることが、私の最後の願い』

処刑される間際にローズマリーが思い出していたのは。

弟であるレイナルドの笑顔だった。

大好きなレイナルド。

唯一の家族として心を開いてくれた最愛の弟。

弟が姉であるローズマリーに依存したように、家族の愛情に飢えていたローズマリーもまた、レイナルドに依存していた。

婚約者に愛されなくても、弟が私を愛してくれている。

父が私を道具としてしか見てなかったとしても、弟は私を大切に慈しんでくれる。

私には愛情を注げて、愛情を注いでくれる弟がいる。

その愛情に応えたい。

レイナルドが不幸であれば、それはローズマリーも不幸であると同じだった。

そんな依存関係が続けられるとは思っていない。

それでも、未来の王妃となるプレッシャーや父、婚約者に蔑ろにされてきた心を癒す術を、ローズマリーは弟に甘えることでしか解消できなかった。

ローズマリーが亡くなった後、レイナルドが不幸になるとしたら。

それは依存し続けたローズマリーの罪だ。

そしてその罪は存在した。

アルベルトという一人の騎士を巻き込む最悪な形で。

ローズマリーにはアルベルトがレイナルドと共に復讐を果たそうとしていることに驚いた。

彼は生まれた時から騎士として育ってきた。

その強い志をローズマリーは幼い頃から隣で見続けてきた。

彼が復讐だけに命を使い果たすとは、ローズマリーにはどうしても思えなかった。

もしそのような考えになったとしたら、恐らくレイナルドにより騎士としての忠義を歪ませてしまったのかもしれない。

それもまた、ローズマリーの罪でもある。

自身の弱さが生み出した結果に、儚(はかな)いローズマリーとしての自我は後悔で押し潰されそうになる。

弟とアルベルトを、ローズマリーという亡霊から解放してあげたい。

そして誰よりも幸せになってほしい。

どうしても願ってしまうローズマリーとしての思いを。

その悔恨にくれる前世の思いを。

マリーは確かに、受け取った。

窓の外が騒がしさを増している中、私とアルベルト、リゼル王子がいる廊下は沈黙した空気に包まれている。

私はひたすら真っ直ぐにアルベルトを見つめた。

復讐に燃えていた彼の瞳が揺れていることから、説得が響いていることが窺える。

それでも、アルベルトの思いを覆すには至っていない。

だとすればあと一息だと、前へ詰める。

「お願いです。アルベルト」

「…………」

アルベルトからの答えはない。沈黙をもって拒否をされている。

このままアルベルトを置いて王宮に入り、くまなくレイナルドを探せば見つかるかもしれない。

ただ、それでは駄目だ。

アルベルトという一人の復讐者をそのままにできるはずがない。

彼もまた、ローズマリーが遺(のこ)した罪の形となって今、目の前に立ち塞がっている。

私はローズマリーの記憶に見た悔恨を知っている。

彼女の記憶からマリーとして会う時には知らなかったアルベルトという騎士を知っている。

私は全ての思いを飲み込んで、改めてアルベルトを見つめた。

「アルベルト。この復讐は誰のためのものですか？」

「……？」

突然投げかけられた問いに、アルベルトは怪訝そうに私を見つめ返す。

彼の疑問に応えず私は続ける。

「この復讐は貴方のもの？　それともレイナルド？」

また一歩、私はアルベルトに近づいた。

触れられる距離にまで近づいても、アルベルトは私を拒絶することもなければ触れる様子もなく立ちすくんでいた。

彼の剣を持つ手に手を重ね、焦茶色の瞳を見上げた。

「貴方たちが果たそうとしている復讐は、ローズマリーのものでしょう？」

驚くほど穏やかに答えられた。

私の言葉に硬直したアルベルトの手をより強く握り、剣の柄(つか)を握る指に絡めるように指を添わせた。剣に触れてもアルベルトは拒絶しない。

私は言葉を続ける。

「この剣で王と王妃を殺すというなら、それは私の役目です。ローズマリーを殺した相手を裁くのも私の方が相応しいと思いませんか？」

「ローズマリー様……いや、マリー……？」

アルベルトは混乱に混乱を重ねた様子で、一回り以上年下の私に狼狽（ろうばい）する。

ああ、やっぱり。

さっき見たような復讐に燃えるような目よりも、こうして困ったように見つめてくるアルベルトの目が好きだ。

「貴方たちが復讐を望むなら。どうかその役目を私にください」

ズシリと重い剣と共にアルベルトの手を両手で持ち上げて頬に当てた。紙一重に触れそうな剣が、私の髪に触れている。

アルベルトは私の行動に動揺しながらも、決して刃に私が触れないよう力を込めて守ってくれている。

「そんなこと……」

アルベルトがかすれた声で返す。

「そんなこと、できるわけがないでしょう……！」

叫ぶ声が廊下に響く。

「貴女に、マリーに罪を負わせるわけにはいきません！　この復讐は私とレイナルド卿だけに課せられるものです！」

「そうさせたのはローズマリーなのに、どうして私の復讐にはならないんですか！」

私も思いが高ぶり声を荒らげた。

「ローズマリーは、貴方たちが復讐することを喜ぶとでも思っているのですか？　血に濡れた貴方たちを見て、ありがとう、なんて笑うと思っているのですか！　だとしたら！」

だとしたら。

彼らはローズマリーの何を見てきたのだ。

彼女は、ただひたすら二人が大好きだっただけだ。

「お願いだからこれ以上ローズマリーを悲しませないで。彼女の本当の願いを叶えさせてください……」

「マリー……」

剣を持っていた手が、ゆっくりと下ろされる。

私は溢れる涙をそのままにアルベルトの胸に顔を押しつけた。

剣を持つ手とは別の手が私の肩を抱いた。

「だとしても、私は彼らが許せない……！」

アルベルトの悲痛な叫びと共に、彼の頬から涙が溢れていた。

どれほど涙を流すことを我慢させてきたのだろう。

顔を上げ、彼の頬を伝う涙を私の手で拭った。

そしてずっと思っていたことを言葉にした。

「それなら私と一緒に復讐しましょう」

「…………え?」

アルベルトは思わず、といったように声を漏らした。

私は構わず続ける。

「ローズマリーが望む形で復讐を遂げさせてください。私の騎士様」

鮮やかに微笑んでみせた。

私自身、ずっと考えていた。

復讐をいくらローズマリーが願わなくても、遺された者の傷は深く、憎しみが消えないままであるのなら。

私なりに復讐を果たさせてもらいたい、と。

涙を零していた騎士は驚いた様子を見せた後、笑った。

ローズマリーが大好きだったアルベルトの笑顔だ。

いつも彼はこうしてローズマリーの我が儘に付き合う時は、困った様子を見せながらも笑って受け止めてくれていた。

それは今も同じ。

「かしこまりました……私の主」

そして頭を下げる。

忠誠を捧げる仕草は、幼い頃のように。

何度も繰り返し遊んだ騎士ごっこのように。

「貴女の、ローズマリー様の復讐をどうか果たさせてください。そしてどうか、貴女をお守りする役目をお与えください」

ローズマリーとレイナルドの約束を私は思い出す。

ごっこ遊びを強要していたローズマリーは、いつも彼に忠誠を誓わせて遊んでいた。

その時の言葉を、思い出した。

「はい。お願いします。私の騎士」

「仰せのままに」

復讐だけに燃えていた瞳が消え、いつもの焦茶色の瞳が私を見てくれることに喜んだ。

アルベルトが、かつての騎士に戻ってくれたことに安堵した。

ローズマリーがずっと好きだった瞳の色。

彼女が叶えられず、密やかに芽吹いては心にしまった、小さな初恋を与えてくれた騎士様。

コホン。

わざとらしい咳をする声。

私とアルベルトは目を合わせ、すぐに咳が聞こえた方向を向いた。

「どういうことか説明をしていただけますか？」

「あ」

完全に置いてきぼりをくらっていたリゼル王子が、ようやくとばかりに声をかけてきた。

その顔は先ほどの緊迫した様子とは異なりだいぶ落ち着いているものの少し怒っている。

「すみません、お話ししたいところですが今はレイナルドに会わせてください」

「マリー嬢」

「必ずお伝えしますから」

伝えるべき真実が、たとえリゼル王子に辛い思いをさせたとしても。

きっと彼は知ることを望むだろう。

私の思いを汲んでくださったのか、仕方ないとばかりに苦笑された。

「必ず教えてくださいね」

「はい」

「それでは、レイナルド卿の元へご案内します」

私がリゼル王子と話している間に、リゼル王子によって眠らせられていた騎士を叩き起こしていたアルベルトがこちらを見据える。

「はい、お願いします！」

私は改めて気持ちを落ち着かせ頷きながら、心の中に眠るローズマリーを思った。

彼女の望みを叶えられているだろうか。

かつての令嬢を思い出しながら。

私はアルベルトの後を走り出した。

❖

ティアは父が言った通り行動した結果、王妃の座に就けた。
ティアはしばらく駒として父のゲームに参加した。
よくよく思えば、そのような思考にさせるよう仕向けたのは父だったかもしれない。
父にも、父の思う通りに行動すれば必ずお前は幸せになれると言われた。
ティアは美しく着飾れば、母のように楽しい毎日を過ごせるのかと考えた。
ティアはその日常が面白くなかった。
良いところに嫁いだと自慢する姉がティアの世界に存在した。
子供に見向きもしない父と、社交界の場で華々しく着飾る母。
ダンゼス伯爵家に生まれたティアは、昔から自分の人生が面白くなかった。
その目は盤面を眺めボードゲームで遊んでいるようだった。
ティアは使い慣れた扇で口元を覆い隠しながら物事を眺めていた。
彼らのようなつまらないゲームはしたくない。
愚鈍な夫に、策略に嵌る愚かな父。
父はゲームを仕掛けるのがうまいのだなとティアは思った。

純朴で何も知らない王子を陥落させるのは面白かった。

普段から人間を観察することを趣味にしていたティアには、男が好む女性を演じることは容易かった。

あれほど美しいローズマリーという婚約者がいても、グレイ王子にティアの言葉や仕草、そして愛らしさを見せれば王子を陥落させ、勝負に勝つとわかっていた。

何よりティアはローズマリーという女が気に入らなかった。

苦労せずに持つ身分、美貌、ありとあらゆる彼女が持つもの。

そのどれも奪い取ってやりたかった。

ティアはグレイ王子よりもローズマリーを陥れることに悦びを見出した。

ローズマリーは、ボードゲームで遊ぶように王子を転がすティアのことをいつも諫めていた。

王子を本当に愛しているのであれば立場を考えて行動すべきだと、王子との恋愛を擁護するようなことまで言ってきた。

それがまた面白くない。

ティアとしては、勝負に負けて悔しそうに顔を歪めるローズマリーが見たかった。

その結果、エスカレートさせた勝負に大負けしたローズマリーは処刑に至った。

遊び尽くした玩具がなくなることは少し寂しかった。

務めと言われ王子を産んだ。

面白味のない夫がようやく私のことを理解してくれた。恨めしそうに私を睨む。

私は暇つぶしに夫という新しい玩具を手に入れた。

王妃の立場を得て、何もかも思い通りになったはいいが。

ティアは満ち足りなかった。

あれほど幼い頃欲しかったものを全て手にしたというのに満足できない。

楽しいゲームは王宮に転がっているが興味が湧かなかった。

沢山の男たちに愛された。溢れるほどの宝石やドレスも身に着けた。

母のようにきらびやかな世界に立ったというのに何も楽しくない。

一体母は何が楽しかったのだろうか。

全く母と接していなかったティアにはわからなかった。

しばらくして父であるダンゼス伯爵が王宮から追い払われた。

誰かに陥れられたのだろう。かつてユベール侯爵を陥れゲームに勝った父親が、今度は敗北したらしい。

父は窮地に陥り、ティアに助けを求めてきたがティアは一蹴した。

父に対して特に思い入れがなかったし、負け戦に手を出すほどティアは愚かではない。

結果、ティアの立場は多少揺らいだものの、全て父一人の行いとされ、王都から追放されていた。

父はゲームに負けたのだ。

一体誰が父を陥れ、ゲームに勝利したのか興味が湧いた。

すると、懐かしい翡翠色の瞳がティアを睨んでいた。

ローズマリーと同じ色をした瞳がそこにはあった。

ティアの加虐心が疼いた。

玩具がまた戻ってきてくれたのだと悦んだ。

つまらない生活が楽しくなりそうだ。

きっとかつて遊んだ玩具であるローズマリーの弟は、王家に復讐を果たしにやってくる。

新しいゲームが始まろうとしている。

何て愉（たの）しそうなゲームだ。

ティアは極秘裏に使う諜報員の一人を呼び出し耳打ちした。

王妃という立場でありながら、ろくに権力もないティアができる精いっぱいの遊びを考える。

きっと勝負は父のように負けるかもしれないが、素直に負けるだけでは終わらせたくない。

新しい玩具はどんなことをしてくれるだろう。

あの真っ直ぐな瞳でどんな勝負を仕掛けてくれるのだろう。

かつてローズマリーが真っ直ぐにティアを見据え、自身の行いを正すべきだと注意したことがあった。

その瞳を翳らせたくて遊んだ思い出が蘇る。

またあの瞳を翳らせたら、きっと楽しいだろう。

ティアはクスクスと扇を口元に当てながら、密やかに嗤（わら）った。

ティアにはもう、ゲームで遊ぶことしか楽しみを見出せないのだから。

◈

城内中央で最も広い空間である謁見の間は、長い廊下を越えた先にある。

主に来賓や国政の会議、王宮主催のパーティや式典に使われることが主であるため、建物は王宮内で最も渾身(こんしん)の造りをしている。

扉の荘厳さは王族の長い歴史を表し、豪華絢爛に輝く装飾品は王家の繁栄を示していた。

この扉を最後に見たのは、ローズマリーが断罪された時だった。

王太子の婚約者たるローズマリーを裁くことを、当時王太子の身分であったグレイ王子は公衆の面前で行った。

『お前との婚約は解消する』

『ティアへの殺害未遂、決して許されると思うな』

無実の罪を誤解だと、どんなに叫んでも誰も見向きもしなかった。

謁見の間で周囲に集まる者たち全てがローズマリーの敵だった。

罠に陥れられたローズマリーは俯き、涙を堪えながら。

それでも罪を認めることだけはしなかった。

「マリー」

肩に手を添えられ、アルベルトからの気遣いの声をかけられることで私は意識を取り戻した。

扉を前にしてローズマリーの過去に意識が飛んでいたようで、アルベルトのおかげで意識を引き戻せた。

そして、どうして彼が私に声をかけ心配してくれたのかわかった。

彼はローズマリーがどこで断罪されたのか知っているからだろう。

「大丈夫です。行きましょう」

私は安心させるように少しだけ微笑むと、目尻に小さな笑い皺を浮かべながらアルベルトが微笑み返してくれた。

その瞳には、先ほどまで燃え上がるほどの復讐ではなく、強い意思を持った瞳が映っていた。

改めて私は扉の前を見据えた。

謁見の間まで駆けつける最中、反乱に関する全貌をアルベルトから聞いていた。

反国王派は、長きにわたって現国王であるグレイの不正や腐敗した政治を糾弾したいと声を上げていた。

その中心に立っていたのは言わずもがなレイナルドだった。

姿は公に見せず、身を潜めながらも彼は国王に反する賛同者を増やしていった。

秘密裏にグレイ王の悪政たる証拠を集め、王や宰相が行っていた賄賂や恩恵などの金の流れを証拠に摑み。

果ては各地の貴族たちの中に密やかに反乱する人員を集めていた。

その署名は貴族図鑑に載っている者の名の半分を超える。

全ての駒を揃えたレイナルドは、大義名分の下に本日集結し王城に向かったという。

リゼル王子に関してはグレイ王と同罪とせず、あくまでも悪政の根幹となる王たちの断罪を決め、グレイ王が退任した後、リゼルを王とするよう本人の知らないところで計画されていた。

リゼル王子はそのことを黙って聞いていた。

自身も一歩間違えれば断罪される側に立たされていたというのに冷静な様子だった。

更には全ての反乱を終えた後、現国王を断罪すべく声を掲げた者として、リゼル王子に名乗り出てもらおうと考えていた。

「そんなこと……」

リゼル王子が話を聞いた後、否定の声を漏らしたが、アルベルトにとっては想定していたことらしく、彼を見て頷いた後、話を続ける。

「ですから貴方をしばらく足止めしなければならなかった。貴方を一時でも城から引き離す必要がありました」

「それで僕を眠らせたわけだな」

リゼル王子の言葉に驚いて、私はアルベルトを見た。彼は否定せずに黙っている。つまり眠らせていたことは事実なのだろう。

「処罰は覚悟の上です」

「僕が父を退け、王になることを反対するとは思わないのか？」

「そうはなさらないでしょう。貴方ならば」

計画の加担者だというのに、アルベルトがリゼル王子を見る瞳は生徒を見る先生のように穏やかだった。そして、その言葉にリゼルも黙った。

あくまで聞いた上での推測でしかないけれど。

もし、言葉のままにリゼル王子が王を継承しない場合に起こりうる混乱を考えれば。

空位が続く国の未来、国政が揺らぐ状態が長期化した場合の民への影響や国の影響を考えれば。

リゼル王子は自分の意思とは関係なく、王となることを承諾するだろう。

それもまたレイナルドの作戦の一つだとわかる。

「今回の反乱は内部の人間も含め極秘裏に行われています。反国王派の私兵の手によって国王の護衛騎士たちは足止めを食らっている。王宮内に配置した警備の騎士は全て反国王派の者です。ですので、外は攪乱（かくらん）のために騒ぎが起きていますが、その間に謁見の間は制圧されているでしょう」

騎士団長であるアルベルトがいれば、どの騎士を配置するかなど簡単に手を加えられる。

そして決行に至ったのがまさに私が城に向かった日だった。

もし私が気づくのが一日でも遅れていたとしたら、計画は全て終わった後だったのだろう。

ローズ領で別れる時に見たレイナルドの言葉を思い出す。

私の元から二度と消えないで。

この計画を進めるレイナルドの思いが、今のマリーには辛かった。

レイナルドは、私がこの反乱を知ることで離れることを恐れている。

謁見の間は、壁が分厚く中の声は一切聞こえなかった。

だが、中から起きているだろう緊迫した空気が滲むように威圧を増している。

「開けます」

アルベルトは私とリゼル王子に声をかける。

私とリゼル王子は黙って頷いた。

アルベルトは静かに重い扉を開き。

シャンデリアの輝く光が差し込み、私は目を細めながら正面を見据えた。

謁見の間では、普段であればろくな政策を語らない会議をしていたであろう宰相と王に加え、彼らの派閥であった何人かの諸侯は、意気消沈した様子のまま縄で拘束されていた。

レイナルドは穏やかに、業務を進めるかの如く淡々と言葉を紡ぐ。

「ドズル子爵、ガスティア公爵、アークベルト宰相」

ミゼル男爵、フランツ子爵、ゴーン子爵。

淡々と名を呼ぶ。

次いで背後からついてくるオクスフォード伯が、レイナルドが呼んだ者の罪状を伝え、更に本来であれば裁判を行い決定される刑をその場で伝えた。

ドズル子爵は禁固刑。爵位剝奪。爵位は縁戚であるリフィア子爵に譲渡とする。

ガスティア公爵は爵位剝奪、国外追放。

刑罰や処遇を言い渡される者たちから非難や悲鳴が聞こえるが、誰一人としてその声を聞く者はいない。

そして書記官が手に持つ書状と相違がないか確認し、名を呼ばれた者たちを騎士や共謀者の私兵が連れていく。引きずり連れていかれる。

嫌だと泣き叫ぼうと暴れようと無理やり押さえ込み王城の牢に禁固され、後に順を追って刑を執行する約束を計画に賛同した諸侯と取り決めていた。

処罰される者たちの私財はほとんどが没収され爵位は剝奪されるものの、国が大きく乱れることを恐れ、その先も想定した上で刑は全て決め終えていた。

余計な混乱を招く前に事を全て終わらせ、反する意見を寄せ付けないよう決定を進めるためにこうして捕縛と共に罪状、刑罰を明らかにさせた。

今後の政策を考慮し書面上に認(したた)め、迅速すぎる裁判に反対や批判の声が上がるのであれば、書面の日付を書き換え言いくるめられれば良いだけの形にしておいた。

今後捕まった者たちの血族が声を上げることもわかっている。そして、それを抑止する方法も既に計画に含んでいる。

推測される最悪の事態は諸侯と話し合いを行い、爵位剝奪されることにより被害を受ける親族なども調べてはおいた。

レイナルドとしては横領したような金で生きる一族の末路まで考えるのも面倒ではあったが、反乱の首謀者である以上放っておくこともできず、短期間でそこまで決めた己を褒めてやりたいぐらいだった。

だがそれはあくまで反乱のために整えた計画の一つであり、レイナルドの本懐には何も関係はなかった。

悪魔と言われても構わないが、レイナルドとしては国が大きく揺らごうとも復讐を果たすことを第一に考えている。

「ザイール子爵」

名を次々と呼ぶ後、レイナルドは心の中で悪態を続けていた。

(お前がローズマリー姉様の侍女を使い暗殺容疑がかかるように細工を仕組んでいたことを知っている。その罪を償ってもらう。殺しても飽き足りないぐらいの不幸をお前に与えてやろう)

私怨すべき相手の名前は全て記憶している。

今回の計画により復讐すべき対象者全てに刑を与えることができた。刑罰の内容を計画する時、適当に理由を述べて更に刑罰の内容を重くさせた。

爵位剝奪だけでは物足りない。

鞭(むち)打つべきだろう?

馬で引きずり回そうか。

ああ、でも見せしめにしてしまっては国民の感情が揺らいでしまう。

それは今回の作戦では叶えられない。

だったらそれはまたの機会に。

レイナルドは薄く笑う。

命を繋いでいる間、罪が終わると思うな。

死んだ方がマシだと思わせるほどの苦しみを与えてやりたいとまで、レイナルドは考える。

しかし、マリーと過ごす穏やかな日々によって、怨恨の勢いが多少だが落ち着いているのも事実だった。

そのことをマリーに感謝するがいい。

名を呼びながらレイナルドは思う。

ほとんどの諸侯の罪状と刑罰を伝え終え連れ去られた後、王だけが取り残された。

これぱかりは誰にも譲りたくなくて、協力者たちも説得した。

どうしても、王だけは自分に任せてもらえないか。

その後のことはどうとでも責任を負う。

王への計り知れない復讐を糧に全ての策略を取り決めた首謀者たるレイナルドの意思を汲む共謀者たちは顔を合わせ、苦渋の選択の後承諾してくれた。

レイナルドが二〇年もの間、共に作戦を練ってきたのはアルベルトだけではなかった。

彼らは幼き少年の頃から復讐に身を染め、時には手を赤く染めることも厭わないローズ公爵の積年の思いを知っていた。

何より今回参加した諸侯たちの中にも私怨で動く者もいる。だというのに主犯たるレイナルドの願いを叶えさせず、是正のために復讐を止めることはできなかった。

反対などしたら、それこそレイナルドが直接にでも手を染め、己が命と共に王と王妃を弑するのではと考えるほどに、彼の怒りは凄(すさ)まじかった。

人が減った謁見の間で沈黙を保っていた諸侯たちは、皆黙って踵(きびす)を返す。

王が、グレイが「待ってくれ」と情けない声で縋(すが)るが、その声に誰一人として止まることはなく。

謁見の間の扉が重音を立てて閉まった。

部屋に残るのは数名の騎士とレイナルド、そして王の姿。

王妃は騒ぎの中で姿を消していたため、現在捜しているところだ。

同時に復讐を果たしたかっただけに残念ではあったが、レイナルドとしては順に復讐を遂げても構わなかった。

国王たるグレイは拘束されたまま、騎士によって首元に剣を突き立てられている。身動きできずにレイナルドを睨みつけていた。

睨んではいるものの、既に捕食者に襲われる前の小動物のようで、頬には汗が伝い、顔は蒼(そう)白(はく)である。

レイナルドはこの瞬間を何度夢見たことだろうか。

姉を亡くした時から既に二〇年も経ったが、その間片時も忘れたことのない復讐を果たす光景。このためだけに生き延びてきたレイナルドは、思い描くたびに何を言ってやろうかとも思っていた。

姉と同じ気分はどうだ、無様な格好だな、泣いて許しを乞うか？

だが、実際にその場面になった時に出てくる言葉が浮かばない。

そうこうしている間にグレイが先に口を開いた。

「私を殺すか」

「…………」

レイナルドは黙る。

当たり前のことを言われてしまい、どう返すかと考えあぐねる。

殺すなど当然ではないか。

「ローズマリーに対する復讐か」

「お前が姉様の名前を口にするな」

心底不快な思いが込み上げ、吐き捨てるように返した。

グレイはハッと笑う。

「罪人の弟は罪人というわけだ」

「姉様を侮辱する口から削ってやろうか」

レイナルドは挑発であるとわかりながらも自身の剣を抜き取り王の目前に向ける。まずは舌から抜き取るべきか。

「真実だろう。姉のように人を殺める血筋ということだ。醜い。国に仇なす一族が！」

「姉様は殺害など企てていなかったと、何度お前に言った！」

愚かなる王は、どんなに言葉を投げかけようとも信じなかった。否、考えられる脳がないのだろう。

信じる者にしか目を向けない愚かな王。未だローズマリーがティアを弑逆しようと謀ったと信じているのだ。

「誰よりも貴方を想い、国を正すために尽力した姉を蔑ろにした罪は重い。その真実も見えないお前は哀れ以外の何者でもない。そしてお前如きに生命を絶たれた姉様が不憫でならない」

「お前の姉が不憫だと？」

「あれほど王妃の悪逆を見てきて何を言う。お前がリゼル王子を真に愛せないのも王妃の行いのせいだろう。あれほど血の繋がりを見せているというのに、自身の子であるかすら、疑うような愚王だ」

「黙れ！」

逆に挑発すればすぐに乗る愚かな王にレイナルドは嘲笑う。

一体、この王は何を見て生きてきたのだろう。ここまで傀儡となり、彼の取り巻きに良いように動かされているというのに、その事実にすら気づかない。ある意味幸せな生き方をしていたのだろう。

レイナルドとしても、姉が関わらなければどうでも良い存在だった。

仮にローズマリーが正式に王妃となった時には、レイナルドはローズマリーが産む次期王太子に仕えることを約束されていた。

姉が産んだ子であれば喜んで仕えようと思っていたが、こんな愚王と結婚しなかったことだけが、姉にとって唯一の救いではないだろうか。

否、そうではない。

愚かな婚約者たるグレイのことはわかっていたのだから、たとえ幼くてもローズマリーを連れて二人で逃げれば良かった。

実際に迫害される姉を見て、何度もそう考えた。

言葉にしたこともあった。だが、幼さ故に計画性もなく、姉に気持ちだけでも受け取ると礼を言われるだけで、実行に移すことはなかった。

あの時。

姉が苦しんでいる時。

もっと年を重ねていれば。

子供でなければ。

今のように考える力があれば。

レイナルドの怒りの矛先はいつだってグレイとティアではあったが。

それ以上に無力であった幼い頃のレイナルド自身が許せなかった。

最も復讐を果たしたい相手は。

己自身なのかもしれない。

レイナルドは復讐を終えた先のことは何一つ思い描いていなかった。

あれほど、復讐をする術は二〇年にわたり考えて、作戦を練ってきたというのに。

その後の未来を考えられなかった。

ただ、ようやく長きにわたる復讐を遂げられることは。

レイナルドにとって終息の地であり、ようやく穏やかに眠れる時が来るのかもしれない。

時折夢に見る処刑の記憶も。幸せだった過去を思い出しては悔恨に身を焦がす日々にも。

やっと解放されることを、心の片隅のどこかで穏やかに待ち受けていた。

(もうすぐです、ローズマリー姉様)

「グレイ・ディレシアス国王よ。民の代わりに粛清しよう」

レイナルドは、かつてローズマリーが好んだ物語の文面を言い換えて告げる。

『悪い王様よ。民のためにあなたを罰しよう』

『次を読んで、レイナルド』

『はい。こうして悪い王様は騎士によって倒されました。そうして助けられたお姫様は騎士様にこう言いました。ありがとう私の騎士様。そうしてお姫様は新しい王子と結婚して、末長く国を平和にしました。お姫様の騎士は新しい王子様とお姫様を守り続けました』

レイナルドは騎士になれない。

そして新しい王子にもなれないけれど。

絵本の結末のようになればいいと。

幼い頃に姉と描いた情景を思い出しながら、剣を振りかざし。

醜い悲鳴が耳にこびりついた。

復讐の幕開けを告げる声だ。

扉を開けた途端、聞こえてきたものは断末魔のようだった。

突然の叫び声に私は体が硬直した。瞬時にアルベルトによって抱きすくめられ、何が起きたのかわからなかったが。

「父上！」

リゼル王子の緊迫した声に、顔を謁見の間の正面に向けた。

まず目に見えたのは、ずっと探し求めていたレイナルドの姿だった。

そして彼の前には複数の騎士の姿と、グレイ王。

そして、彼らの辺りに散る鮮血の赤色。

私は恐怖する心を叱咤し、現状を冷静に調べた。

王は斬られているが致命傷ではないようで、呻(うめ)き声を上げながら斬られた肩口を必死に止血すべく押さえていた。それでも彼の首元に伸びた騎士の剣は引かない。

王を斬りつけた相手はレイナルドで間違いなかった。レイナルドは赤く染まる剣を持ったまま、扉の前に視線を向けた。薄暗く翳った瞳が私を見つけると驚いたように見開いた。

「どうして貴女がここに……」

そして次にアルベルトを見据え睨んだ。アルベルトが呼び出したと思ったのだろう。

緊張が走る中、リゼル王子が王の元に近づこうとしたが、待機していた他の騎士によって妨げられていた。

「邪魔しないでいただきたい。リゼル王子よ」

彼の父によって染まった剣先をリゼル王子に向ける。

「貴公を処罰することは想定外なんだ。黙ってそこで見ていてくれるかな」

「……」

リゼル王子は黙りレイナルドを真っ直ぐに見つめる。悔しい思いを堪えながらも従うしかないことをリゼル王子は理解している。

もしリゼル王子が行動をおこした場合、レイナルドは躊躇することなく王子に剣を向けるだろう。

「今更正論を並べないでほしい。貴公の父君と母君は罪を重ねすぎている。どれほどの怨恨を持たれているかわからないでもないだろう？　賢き王子よ」

レイナルドには、リゼル王子が述べたい意見を一切受け付けないと公言した。綺麗事では終

わらないのだという強い意志。

「それと、マリー嬢」

リゼル王子に向ける視線とは違い柔らかい眼ではあったが、強く刻まれる怨恨の思いは変わらない。

「どうやってアルベルトを説得したかわかりませんが、どうかこのまま私の復讐を遂げさせてください」

「……私を悲しませるようなことはしないと、約束したじゃないですか」

「そうですね……」

いつかの約束を、彼はまだ覚えていてくれた。

「復讐を考えているのであればやめてほしいとも」

「はい。そうおっしゃっていました。だからこそ、貴女に今日のことは知られたくなかったのに」

悲しみを宿した瞳が私を見つめた。

「貴女にだけは知られずに復讐を遂げたかった」

どんなに。

どんなにローズマリーが復讐を望んでいないとしても。

レイナルドにとって、復讐は決定事項であり、人生であり。

きっと彼の全て。

どれだけの長い時間、復讐を考えてきたのか。

復讐するために生きてきたアルベルトが私に向ける顔は。

ローズマリーが望んでいた、彼の幸せである願いが叶えられていないことを表していて。

私は、溢れる涙が止まらなくなった。

ああ。

ローズマリー、泣かないで。

私は、急に押し寄せてくるローズマリーの悲しみに押され足を進めた。

その間も理性で抑えきれない涙がしとどに溢れていく。

今までこれほどに涙を流したことがあるだろうか。

ローズマリーだって、どんなに辛くても涙を流さなかった。それは生まれ変わった私にも言えることだった。

たとえ家族に蔑ろにされても。

無実の罪を重ねられても。

生まれ変わり、大切な母を亡くした時も。

私という魂は涙を流すことを堪えてきた。

けれども今、溢れ出す涙は止まることを知らず、涙で霞む視界のままにレイナルドに近づいた。

「マリー？」

床にポタポタと溢れるほどに泣き続ける私に驚いて見つめるレイナルドに近づき、そっと彼の首元にしがみついた。

「ごめんなさい。本当にごめんなさい」

ローズマリーが伝えたかった想いのままにひたすら謝罪の言葉を繰り返す。

「貴方をずっと苦しめてきた。貴方を遺して逝ってしまった。貴方に辛い思いをさせてしまった私を許して。レイナルド。ごめんなさい。本当に、ごめんなさい」

しがみついて泣いて許しを乞う。

ずっと謝りたかった。

レイナルドという幼い弟に甘え、依存し続けた結果。

彼を復讐者にしてしまった。

彼が復讐すべき相手は誰でもないローズマリー自身だ。

「私が貴方の幸せを奪ってしまった。貴方の未来を奪ってしまった」

「姉様……？」

「貴方が復讐を遂げたいなら構わない。けれど、どうかその時は私にもその罰を与えて。本当に罰するべきは、私ですから」

「何を言っているのですか……」

しがみつく私の腰に腕を絡み付け抱きしめ返された。

「姉様が罰されるなどあってはなりません！　罪は全て奴らにあります！」

「ええ。そうです。彼らへの罰を貴方が望むなら、私が王たちを罰します」

溢れる涙のまま、レイナルドの顔に近づき頬に触れた。

「彼らへの罰は私が下します。だけど、貴方の全てを失わせた罪を私は償わなければならない」

「罪……？」

「可愛いレイナルド。私を愛してくれたレイナルド。私は貴方の幸せを願うなら、貴方に復讐を遂げさせるような未来を与えてはいけなかった」

ローズマリーがよく撫でていた金色の髪を撫でる。

昔は見下ろして撫でていた髪が、今は見上げ、手を伸ばさなければ届かない。

これほど大きく成長するまで、彼がローズマリーの復讐を考えて生きてきた事実は、ローズマリーの罪の重さを思わせた。

「どんなに後悔しても元に戻れない。それでも今、貴方の前に立てるなら」

両の手でレイナルドの頬に触れる。

本当は泣き虫だったレイナルド。

雷の夜が怖いと一緒に眠ったレイナルド。

私の騎士ごっこに最後まで付き合ってくれたレイナルド。

愛している、たった一人の家族。

「貴方を幸せにさせてください」

涙に濡れる顔を近づけ。

返り血に濡れる彼の頬に口付けた。

頬の次は、額に。

次に鼻に。

ローズマリーがかつて弟にしていたおまじないのように。

私は口付けを注いだ。

触れていた頬に、涙が伝う。

くしゃくしゃに顔を歪ませて。

レイナルドが泣いた。


「どうして……」

嗚咽が混ざる声を必死に出す。

「どうして、私を置いていったんですか」

剣を落とし、両手で私を抱きしめた。

「姉様さえいればどうなっても良かったんです！　姉様がいないのにどうやって私は生きればいいんですか。何も信じられない。ずっと、ずっと会いたかったんです。ずっと姉様だけが側にいれば何だって良かったんです」

レイナルドの頬から伝う涙が落ち、私の頬に当たり私の涙と混ざり合う。

「身分を落としてもいい。貧しくても姉様となら乗り越えられた、どうして私を置いて死んでしまったのですか！」

「ごめんなさい……ごめんなさい、レイナルド」

「姉様はひどいです。姉様は本当にひどい。私を一人にしないでください」

幼い頃に伝えたかった言葉が溢れ出る。

幼子のようにずっと泣きたかっただろうレイナルドを。

やっと心から抱きしめることができた。

「ひどい姉様…………愛しています……」

「私もよ。レイナルド」

甘えるように頭をすり寄せる愛しい弟を抱きしめながら。

ローズマリーが願った最期の思いを。

ほんの少しでも叶えられたことに。

私は、新たに溢れ出る涙を零した。

◇

「アルベルト。私の弟のレイナルドよ」

家に迎え入れられてから間もないレイナルドを、初めてアルベルトに会わせた。

男の子同士仲良くなれるかなと思ったけれども、レイナルドはずっと私のスカートにしがみついている。

すっかり私に甘えるようになった可愛い弟は、いつも時間があれば私にくっついてきてくれる。

「レイナルド、挨拶して」

「……こんにちは」

不満そうな声。

背の高いアルベルトに怖がっているのかなとも思ったけれど、レイナルドは誰に対してもこうだった。

「初めましてレイナルド様。アルベルト・マクレーンです」

臣下らしい挨拶の仕方を覚えたアルベルトの挨拶は騎士みたいでカッコいい。

私はニコニコしながら挨拶を見ていた。

私を見上げていたレイナルドはつまらなそうな顔をしていた。

そういう顔していても、本当は可愛いけど。

私は笑顔が一番好きだな。

「姉様。この本が読みたいです」

あら、珍しい。

庭でアルベルトと一緒に過ごしていた私に、いつもは読み飽きたと言っている大好きな騎士の絵物語を持ってきてくれた。

「いいわよ」

座って花飾りを作っていた私は立ち上がり、レイナルドと一緒にベンチに座った。

一緒に遊ぶといっても、いつも一人で剣の稽古をしているアルベルトは、私たちの様子を見て持っていた木刀を振るのをやめた。

「騎士の本、レイナルド様とも読んでいるんですか」

呆れた言い方をされる。

「いいじゃない。好きなんだもの」

「それは十分すぎるほど知っていますけど」

何か不満そうなアルベルト。

いつも読んでとせがんでも、「飽きました」と言ってくるくせに。

「僕が読んでもいいですか？」

「勿論よ」

前にレイナルドが住んでいた家では、文字の勉強もあまりさせてもらえていなかったのに、ユベールの家にやってきてからレイナルドはあっという間に文字が読めるようになっていた。

それどころか他の国の言葉も一緒に覚えているみたいで、私は見習わなければいけない。

だって将来は王妃様になるのだから。

隣同士に座って本を開いていると、目の前に影ができたので見上げた。

「アルベルト。稽古していたのじゃないの？」

「俺も読みたくなりました」

ぶっきらぼうな顔で、私の隣に座ってきた。

二人掛けのベンチだからちょっと狭い。

私は二人に挟まれてだいぶきついけれど、珍しい二人の様子から気にしないことにした。

「二人ともいつも読みたがらないのに。変なの」

面白くなって笑ってしまった。

そしたら、レイナルドもアルベルトも顔を合わせて笑ってくれた。

ページを捲る。

大好きな騎士様のお話。

私はこの物語みたいなお姫様になれるかな。

大好きな騎士様が、お姫様の私を守ってくれるのかな。

レイナルドが読み、アルベルトがページを捲ってくれる。

読み終えて、今度はアルベルトに読んでもらう。

何で飽きないのだと、呆れられるけれど。

他の本は難しくて面白くないのだもの。

小さい頃からずっと好きだった物語は、いつも私を励ましてくれる。

物語もそうだけど。

一緒に読んでくれる二人がいてくれるから。

私はとても幸せなお姫様だ。

私の、ローズマリーの騎士はいつだって、この二人なのだから。

食事の時間だと給仕が呼びに来るまでの間。

日差しの中、私たちはずっと一緒に過ごしていた。

❖

復讐を望まないという思いは偽りではなかった。

勿論、ローズマリーの記憶を思い出した時には、騙されたことが悔しかったし、命を奪うほどのことではなかったのにと嘆いてもいたけれど。

遺恨に身を焦がすよりも、目の前にある家族との温もりに勝らなかっただけだった。

私が生まれ変わったことで、ローズマリーの願っていた家族を手に入れられた。

過去の恨みというものは風化していたのだけれども。

もし罰を与えるなら、私はどうするのかなと思ったこともあった。

まさかそれが、実現するとは思いもしなかったけれども。

「グレイ・ディレシアス王よ。長きにわたる税の横流し、悪政により民を蔑ろにした罪は皇室典範に反する行いとなる。反する条例については省略するが、その罪は命よりも重い。幾万のディレシアスの民及び各領主の名の下にレイナルド・ローズが裁決を下す許可を得ている」

言葉を連ねると共に、付近にいた騎士が懐にしまっていただろう書状を前に出した。長文の書状には王の罪状がつらつらと書かれ、一番下には多くの署名が記載されていた。

王は脂汗を垂らし、眼光鋭く書面を見つめ、己が本当に罰せられることを知らされる。

肩口から流れる血はだいぶ減ったものの致命傷に近い傷の痛みで息も荒い。

「私はお前を姉様と同様、絞首刑にしたいと思っていた」

氷のように冷え切った瞳で王を侮蔑する。

「だが、このたびのお前への罰については、マリー・エディグマ男爵令嬢に一任する。その恩恵に心から感謝すると共に耳を傾けるがいい」

突然名前を呼ばれて私は体を大きく揺らしてしまった。

こうした裁判のような場面に関しては、ローズマリーであっても体験がない。せいぜいローズマリーが裁かれる時に行われた裁判ぐらいで、裁く側なんて初めてだった。

急に名も知らぬ男爵令嬢に任されたことには、王だけではなく近くにいた騎士も驚いていたけれど、私は何とか動揺を押し殺し、軽く咳をしてから前に進んだ。

先ほど大泣きしたために目は真っ赤で威厳さはかけらもないけれど。

私は何とか表情を固くし、王を見据えた。

「グレイ・ディレシアス王。貴方に罰を言い渡します。まず、このたびの責任を負って退位し、リゼル王太子に王位を渡してください。また、一連の反乱における謝罪を国民に対し発表してください」

ここまでは反乱における結果だろう。レイナルドはここに加えて極刑を望んでいたけれども、私は敢えてそのことは言わない。

「更に、二〇年前に起きたローズマリー・ユベール侯爵令嬢の罪について誤りであったことを認め、故ローズマリー・ユベール侯爵令嬢の罪人としての汚名を返上してください。彼女に正しい墓碑を与え、ユベール領の地で眠らせてください」

「何……を……」

未だにローズマリーを信じられないグレイ王を見ていると、私はとても彼が哀れに思えてしまった。

何故なら、彼以外の当時の諸侯ほとんどが、ローズマリーが無実であると知っていたからだ。真実を知らされずに惑わされるまま生きてきた王の姿は、とても物悲しい。

「グレイ王。かつてのローズマリーは貴方にいつも口うるさくして参りました。それは、このような結果となることを危惧していたからです。国は王のものではない。民のものであり、王はそれを預かるにすぎません」

「何故、お前がローズマリーの言葉を……」

「グレイ王。悲しいけれど、貴方に真実を述べていたのは、ローズマリーだけでした」

ローズマリーが知る限り、グレイ王子の周りには、彼が喜ぶ世辞を述べる者ばかりが集まっていた。

口だけ良いことを言い王子を言いくるめることが多い光景を見ては、ローズマリーは注意していた。今私が言ったようなことを何度も告げた。

それすらもグレイ王子には不快に思われていたけれども、誰かが王子を救わなければ彼の未来は暗雲に包まれることは目に見えていた。

ローズマリーの言葉に耳を傾けてくれないのであれば、彼が愛したティアにそれを託したかったのだけれども、ティアすらも結局グレイ王子を騙す側だった。

私はローズマリーが抱えていた一握りのグレイ王子への情を吐き出した後、改めて彼を見下ろした。

「全てのことを終えた後、貴方には白の塔に蟄居いただきます」

白の塔とは、王族の中でも問題ある者を隔離するために造られた、言わば王族のための牢だ。療養のための保養場所とされていたりもするが、同時に都合の悪い王族を隠匿するために使われる施設でもあった。

そして、その情報を知る者は、王族や一部の貴族のみであった。

「何故お前のような男爵令嬢が白の塔を……」

「生涯蟄居としますが、もし望むのであればリゼル王子。貴方のみ面会を許します」

リゼル王子は、不意に呼ばれた名前とその言葉の意味を一度噛みしめた後、少し苦しそうな、それでいて穏やかな笑みを浮かべた。

「感謝する。マリー嬢」

「リゼル！　お前も此奴らと共謀したのか！　父を陥れるなど」

「いいえ、リゼル王子は」

言い返そうとしたが、リゼルに止められた。

「構いません。このような事態になるとは思いませんでしたが、いずれ行うべきだと思っておりました。その時期が早まっただけのことです」

王子の顔はとても穏やかに父親を見つめていた。

私には、今までリゼル王子とグレイ王がどのような親子関係だったのかわからない。

彼は彼なりに考えることが多いということしかわからない。

ならば口出しする方が無粋。

「くそっ！　私は何もやっていない！　全ての責任は宰相らにある！」

「そうですね父上。貴方は本当に、何もしてこなかった」

リゼル王子が近づき、王の真正面に立つと視線を合わせるよう屈む。

こうして並べば瓜二つだ。

瞳の色は王族にしかないサファイア、顔立ちも面影があるというのに。

どうして王はリゼル王子に対して実子ではないという疑いをかけられたのだろう。

「何も行わないことこそが罪なのですよ、父上。何もしないのであれば人形にでも王はできる。貴方は人形と同じ働きしかしていなかった」

「侮辱するのか！」

「真実を述べています。王として学ぶべきことは生涯を通しても尽きないほどにあります。それを学ばずして王になれるはずがないのですよ」

「そんなもの、諸侯たちに任せれば……」

「その考えが身を滅ぼしたと、何故わからないのです……いい加減目を覚ましてください！」

普段穏やかな姿しか見ていなかったリゼル王子が激昂する姿を私は初めて見た。

これではどちらが父親なのかわからない。

「人に責任を押し付けるなど、子供でもやってはならないと教わっているというのに貴方は何を学んできたのですか！　貴方の穿った考え一つで命が途絶えてしまう、民が困窮するという真実にも目を背けている限り、貴方に王たる素質はない！　……ないのですよ、父上……」

「リゼル……」

「もっと早くこうして伝えていれば良かったと後悔しております。貴方に嫌われたくないと思い、何も口出しできなかった私にも罪はあります。貴方の息子として、貴方の罪をも背負いましょう」

叱られた父親が、子供を真っ直ぐ見ている。

何となくだけれども。

ようやくこの親子が対面できたのかなと。

私はこの長い復讐の果てに見えた家族の絆に。

ほんの少しだけ喜びを感じた。

どうしてだろう。

何がいけなかった。

どこから間違えた。

否、そもそも何を間違えているのだろうか。

グレイの両手首は縄に縛られている。

肩口に負った傷は治療を受けた。傷口を縫い化膿止めを飲むという最低限の治療ではあったが。

その状態で馬車で移動するのだから揺れるたびに傷が痛むが、声を上げて文句を言うこともできない立場にまで堕ちた。

表向きこそ、蟄居という形を言い渡されているが、処遇は重罪人である。グレイを挟むように座る騎士の腰には剣がある。逃げようなどと思っても無駄なことだ。

そもそもどこに逃げるというのだ。

グレイが頼りにしていた者たちは全て捕らえられている。

助けを呼ぶにも呼ぶ相手すらいない。

ふと、もし彼らが逃げ延びていたとしてグレイを助けになど来るのだろうか。

突然思い立った考えに、グレイは俯きながら声なく笑った。

わからなかったのだ。

終始疑問に答えてくれていた諸侯は側にいない。

で、あれば自身で考えようと思ったが何一つ浮かばない。

なるほど人形とはこういうことか。

リゼルがグレイに向けた言葉の真意はこういうことだったのか。

馬車の窓は閉じられておりどこを進んでいるかもわからない。

離宮とされている白の塔は王都から随分離れた森林の檻(おり)に囲まれているという。

ぬるま湯で生きてきた王族には逃げきれる術などない場所だ。

グラグラと揺れる馬車に乗りながら、誰一人グレイに声をかけることはない。

王宮では一人で物思いにふけることがなかったグレイにとって、この時間は妙に穏やかに思えた。

考えれば、何かあれば常に誰か側にいた。侍女も、臣下も、衛兵も。

誰もがグレイを中心に動いていたが、実際のところは人形を管理していたようなものだった。

家族と呼ばれる者は側におらず、ティアの行いに怒っていたぐらいしか覚えていない。

何年も過ごしてきた王宮だというのに、グレイには驚くほど王宮での記憶で思い出というものがない。

思い出すのは、何故かローズマリーが王宮にやってきてからのことだった。

『今日からこちらで過ごすことになりました』

華麗なカーテシーの元、挨拶に来た婚約者。

『王子。よろしければ一緒に図書室へ参りませんか？　読書の時間は必要ですよ』

お薦めの本を教えてくれたローズマリー。

『グレイ王子。どうか教師の元にお戻りください。王子にとって大切な授業です』

諫めるローズマリーに、何と返しただろう。

大体がしつこいと、煩わしいとそっけない態度だっただろう。

ああ、でも一度だけ。

たった一度だけではあったが、ローズマリーと二人で出掛けたことがあった。

父である前国王に、たまには婚約者同士で過ごすべきだと、王家の墓参りに共に行ったことがあった。

そもそも墓参りも最近は全く行くこともなく、それこそ父が亡くなって以来足を運んでいない。

城から少し離れた野原の広がる土地に白い墓碑が点々と立っていた。

空は青く風も心地良いと思った。

軽装ながらも故人を偲んで黒色のドレスを身に纏ったローズマリーは、静粛な姿であった。

同じく侍女に用意された喪服に近い服に着替えたグレイの銀色に輝く髪色と、黄金色に輝くローズマリーの髪だけが鮮やかに彩りを見せていた。

ローズマリーが手に持つ花束を亡き母や祖父母、ひいては先祖に向けて供える。

手を重ね、祈りを捧げるローズマリーは、いつものように口うるさくもなく静かに故人と対面していた。

グレイは、その様子をずっと眺めていた。

いつかは二人、この墓碑のどこかに眠ることになるのだろうかなんて、ぼんやりと考えていた。

無意識に眺めていたグレイの視線に気づき、祈りを捧げていたローズマリーがグレイを見上げ、目が合った。

不意に重なった視線に少しばかり気まずさを感じたが、ローズマリーは黙ってグレイに微笑んでくれた。

『何を祈っていた？』

何か喋らなくてはと、適当に思いついたことを口にした。

祈っていたのだから故人へ向けて言葉でも交わしていたのだろうと、見ればわかるだろう。しかし、ローズマリーとの会話に慣れないグレイは当たり前のことを聞いてしまう。

だが、ローズマリーはグレイが思ってもいなかった回答をした。

『グレイ様のことをどうかお守りくださいと、お願いしておりました』

広い野原に咲く野バラのような華を持つローズマリーは。

どの貴族の女たちよりも地味だと思っていたが。

この時見た彼女はどの花たちよりも綺麗なものだと思っていた。

（どうして忘れていたのだろうな……）

自身のことよりも他人を慮るかつての婚約者が、他人を殺すような考えなどしないとグレイはわかっていたはずなのに。

いつの間に忘却してしまったのだろう。

ローズマリーを亡くして二〇年が経つ。

もはや彼女の面影も忘れてしまったグレイだったが。

（ああ、そういえば）

目を閉じて思い出してみれば。

自分を断罪したあの男爵令嬢は。

ローズマリーに似ていたかもしれない。

「マリー。飯まだ?」

「兄さん……何度も言っているけれど、私は兄さんの侍女じゃありません」

そう言いながらも、私は焼きたてのパンを兄の座るテーブルの上に置く。

この日常は、エディグマ領にいた頃と変わらないけれど、あいにく場所は兄の住んでいる小さな邸（やしき）だ。

城内は急に行われた王の退位並びに国王派の諸侯たちが処罰されたことで動揺を見せた。

一時は王宮内も騒然としていたが、反国王派の手腕と、リゼル王子による国民への説明並びに前国王の謝罪文の公開により、そこまでの混乱は起きなかった。

しかし、急な即位に伴い戴冠の儀を急遽（きゅうきょ）行わなければならないと準備する城内は大変慌ただしい。

クーデターの首謀者であるレイナルドはほぼ強制に近い状態で周りの諸侯たちから次期宰相となりリゼル王を支えるのだと言われ、反対する間もなく王城で仕事に追われている。

本当ならばローズ領に戻りたいし、何ならマリーと帰りたいとレイナルドは言っていたけれども、それはあっさりとアルベルトによって却下されていた。

騎士団長であるアルベルトも多忙をきわめていた。

組織改変もさることながら、国内が慌ただしくなると周辺国からの警戒も強化しなければならない。混乱に乗じて何か問題が発生してしまっては遅い。

更には国王派であった騎士団員もいた。国王派の子息で騎士団員だった者も一時待機命令が出てしまい、人員が全体的に不足している。

王宮も騎士団も全てにおいて慌ただしい状況のため、ローズマリーに関する罪の改めは後回しでも構わないと、レイナルドには伝えている。とても不服そうだったけれど、私としてはそもそも特に急ぐものでもないし、この慌ただしい中で更に仕事を増やしてしまうのは申し訳なかったからだ。

そのため全てが終わるまで一時の休みをもらっている私は、何だか申し訳ないので自宅にまで書類を持ち帰ってきているアルベルトの手伝いを時々だけれどもしている。

苦手な書類仕事と向き合わなければならないと、目の下に隈(くま)を作ったアルベルトが嘆いていた。

そしてアルベルトも、「貴女に早く騎士団の侍女に戻ってほしい」と告げられたのだけれど。

これは同じくレイナルドによって却下されていた。

婚約者候補として呼ばれていた令嬢たちと同様に領地に戻ろうかと思ったのだけれども。

それは二人から引き留められ、結局私は王宮内で働く兄の元に身を寄せている。

かつて私が呼ばれたきっかけでもあった婚約者騒動は一度白紙に戻り、全員帰るように指示されていた。

ニキとは彼女が帰る間際に挨拶を交わし、お互い手紙を出し合おうと約束した。

また、彼女は戻ったら恋人との結婚を両親に報告したいと言っていたので、もしかしたら次に会う時は結婚式かもしれない。

私は花嫁になるだろうニキとの再会を楽しみにしながら、彼女が乗った馬車を見送った。

侍女としての仕事を休むことになり、手持ち無沙汰であることは事実だけれども、まさか兄の邸侍女になるとは。

今までの高待遇に比べて、ほぼ無給で働くような仕事内容ではあるものの、王都で過ごせることは嬉しかった。

レイナルドとアルベルトは時間を作っては会いに来てくれる。

初めこそ、その立場の差から萎縮していた兄だけれども、普段から厚かましい兄は度重なる彼らの訪問に慣れ、家の中では家族の友人を迎えるような態度になっている。

王宮で兄は本当にやっていけるのだろうか。

心配になって聞いてみたけれど、二人からの回答では問題なさそうだった。

それどころか、私の兄に対して何故か二人の方が敬語だったりする時があるので必死で直してもらった。

兄に敬語なんて恐れ多い。足蹴にしたって構わないのに。

そして今日も、二人が夜には訪れると言っていたので夕食の用意をしておいた。

庶民の味に近いというのに、二人は喜んで食べてくれるので、こちらとしても作り甲斐がある。

今日は野菜の煮込みシチューに焼きたてパン、王都内で旬の魚を使ったムニエル。

折角なのでと用意した白ワインは安物なので酸味が強いけれども、さっぱりしている。

案外酒に強いレイナルドと、酒には弱いらしくすぐ顔が真っ赤になるアルベルトを見ながら、私は水を飲む。

「いつも思うけれどマリーの料理は本当に美味しい。もう城での食事では満足できないよ」

「そうですね。是非作り方を城の者に教えてもらいたい」

レイナルドとアルベルトによる、世辞とは思えない賛辞は日常茶飯事だった。

最初の頃こそ照れてはいたが、日常と化してくると慣れてきた。

「父が美食家なので色々な料理を作ってきましたから」

「父君は良い趣味をお持ちだ」

是非一度お会いしたいとニコニコ微笑むレイナルドだけれども、既に彼の本性を垣間見ている私としては笑顔で言葉を濁しておいた。

「リゼル王子はどうしていらっしゃいますか?」

戴冠式が終われば王となるリゼル王子には、かつての断罪の日以来会っていない。

誰よりも多忙となっているであろうリゼル王子は、城内で業務に励んでいるとだけ聞いている。体を壊すのではと心配されるほどにだ。

「そうですね。少ないながらも休憩はしっかり取っていらっしゃいますよ。しばらくはどうしても忙しいでしょうが、戴冠式さえ終わってしまえば少しは休めるでしょう」

頬を赤く染めたままのアルベルトが答える。

「そういえばマリーによろしくとおっしゃっていましたよ」

「そうですか。体を壊さなければ良いのですが」

折を見て手紙を書いてみるのも良いかもしれない。

そんなことを考えていると、兄が帰ってきたらしく邸の扉が開いた。

「帰ったぞー。ああ、ローズ公爵にマクレーン様。また来ていたんですか」

この態度である。

「お邪魔している」

「エディグマ卿、お邪魔しています」

身に着けていた外套を取ると適当に椅子にかけるので、仕方ないと立ち上がり、かけられた外套を手に取る。

「マリー。ほら」

壁の外套かけにかけているところで、一通の手紙を渡された。

「何？」

「リゼル王子から渡された。お前、この二人だけでも不相応だってのに、王子とまで親交あったのかよ」

我が家には不相応な相手からの手紙だというのに、ポケットから取り出した手紙は少し皺くちゃになっている。兄の行動が私にはわからない。

とりあえず受け取り、テーブルで食事をしながらも心配そうに見てくる二人に席を外すことを伝え、寝室に行く。

部屋数が少ない兄の邸の寝室を自室として使わせてもらっていた。

手紙は、かつて騎士団の侍女として勤めていた時にももらっていた封筒と同じだった。

ペーパーナイフを机の引き出しから取り出し、封筒を開ける。

中には一枚の便箋。

開けば、丁寧に書かれた文字で初めに私の名前が記されていた。

社交的な挨拶から始まる手紙を読みながら、私はずっとリゼル王子に伝えられていない真実を問われるのではと緊張していた。

彼にはまだローズマリーの生まれ変わりであることは伝えていない。

けれどあの場で、レイナルドと話す私を見ていた彼のことだから、薄々気づいているのかもしれない。

ただ、王を断罪の後、顔を合わせ話をする時間がない現在、そのことを話す機会がなかった。

どういうことか説明してほしいと言われていたこともあり、手紙で聞かれるのであれば真実を返そうと思っていたけれど。

「え?」

手紙には、そのことは話さなくて良いと書かれていた。

『きっと計り知れない事情があると推測します。貴女に無理を強いたくない。どうか貴女の心にしまっておいてください。私もまた貴女に真実を問いません』

そして最後に記される社交的な別れの挨拶。

『貴女が過ごしやすい日々を築けるよう、王の立場となる者として役目を果たしてみせます。どうかお元気で。貴女の安寧を心から祈ります』

リゼル王子の手紙を読み終え、ふう、と息を吐いた。

彼の好意については一切触れていない手紙が何を表すのか。

何となく感じ取れた。

今まで受け取ってきた手紙に必ず添えていた一文がないことにも気づいた。

彼は必ず、文末に「貴女への想いと共に」という恥ずかしくもある言葉を記載していたのだ。

つまりは、そういうことだろう。

「ありがとうございます……リゼル王子」

手紙に向けて礼を言うのも滑稽だけれども、言わずにはいられなかった。

もう恐らく、リゼル王子から手紙は届かない。

最後になるだろう手紙を、私は大事に引き出しにしまった。

初めての恋に浮かれ。

初めての嫉妬で自身の新たな一面を知り。

そして初めて失恋をする。

リゼルは多忙すぎる日常の中に埋もれることで、心に空いた穴を埋めようと思っていた。

急遽、戴冠することになった王としての準備は恐ろしいほどに忙しい。

休む間もなく仕事が溢れてくる。ろくに組織体制ができていない中、それでもレイナルドや諸侯たちの手を借りて何とかギリギリに保っている状態だった。

徹夜を当たり前とするような日常であっても、レイナルドが夜には帰宅する姿を見かけると、忘れていた恋心が痛む。

未だリゼルの胸を占める想い人の姿は鮮やかに映し出せる。

知り合ってまだ日が浅いが、多くの時間を共に過ごさなくてもわかるマリーの良さを、リゼルは鮮明に思い出せた。

そして、何故リゼルが彼女に王妃としての素質を見出したのかも。

父を断罪したあの日。

復讐に燃えていたアルベルトとレイナルドの怒りを鎮めた彼女。

亡きローズマリーにしか知り得ないであろう彼女の意志。

その意味するところを、リゼルは気づいてしまった。

そして同時に自分の恋が叶わないことも。

（あれほど王太子の婚約者を嫌がるのも無理はない）

もしリゼルが考える彼女の正体が真実だとすれば、リゼルの想いが迷惑以外に感じないだろうことも。

レイナルドを弟と呼び、アルベルトを騎士と呼ぶ女性を知っている。

彼らの心に刻まれる一人の女性を知っている。

その女性とマリーが同一人物であるとしたら。

(僕はかつて彼女を死に導いた者の子供だ)

リゼルは、必ず持ち歩いていたマリーの手紙を胸元から取り出した。

何度も読み返し記憶した手紙。

マリーがローズ領に侍女として離れた時からリゼルは手紙を送り続けた。

(迷惑だったでしょうに、それでも返事を書いてくれていた)

送られてくる手紙には、一文たりともリゼルの好意を迷惑だと書かれたことはなかった。ただ、王妃という立場になりたくない、という意志だけは伝え続けてくれていた。

その理由をリゼルは立場に萎縮しているのだと考えていたがそうではなかった。萎縮以上に畏怖すべき立場だったのだろう。

当然だと思う。リゼル自身とて、王になりたくてなるわけではない。リゼルが幼い頃は剣を掲げる騎士の方が格好良いと憧れていた。

(僕が王子という立場で出会っていなかったら変わっていたのかな)

あり得ない想像をしては自嘲するように笑った。

生まれた時から決められた立場は誇りでもあり、義務でもあったリゼルにとって、王族以外である考えなど持ち合わせていない。

もしこの立場が潰える時は、父と同様で民に必要とされなかった時、必然的に失くすものだと考えている。

つまり、考えるだけ無駄だというのに。

(それでも考えてしまう。貴女との未来がもしあったのであれば)

身分も過去も何もかも関係なく。

ただのリゼルとマリーとして出会っていたのであればどうだったのか。

何故なら、リゼルは王子だからマリーを好きになったのではない。

そして、ローズマリーに恋したのではない。

ただ一人。マリーが好きだったから。

マリーに一目惚れし、彼女の言葉一つ一つが胸に刻まれ。

言葉も笑顔も、そこまで知っているわけではない。

それでも彼女の強い魂に惹かれたということは、それはローズマリーという存在にも恋したことと同義なのかもしれないが。

リゼルはずっとマリーという一人の女性を愛しいと思うだけで、ローズマリーだから好きになったのではない。

「貴方たちはどうなのだろうな」

思い浮かべる恋敵の姿は、リゼルが尊敬する二人だった。

長きにわたり復讐を叶えたいと思う感情は、あまりに長く風化することさえあるというのに、彼らのローズマリーへの想いは強い。

その感情が家族愛だけなのか、はたまた忠誠心からなのかはリゼルにはわからない。

ただ一つ、マリーへ恋した一人の男として問えるのであれば、マリーとローズマリーのどちらに想いを寄せているのかを聞くだろう。

リゼルはしばらく眼を強く閉じた。

マリーのことを考えるのは、今日で最後としよう。

ほんのひと時、激務の合間の僅かな休憩時間を使って想いを断ち切るには厳しいが。

リゼルにはやるべきことが山のようにあるのだ。

執務室の机に重ねられた書類は数えきれない。

更には逃亡したであろう母、ティア妃の行方もわからない。

リゼルの初恋は実らなかったけれども。

今まで生きてきた中で、これほどまでに身を焦がすような感情に触れたことがなかったリゼルに後悔はなかった。

彼女という存在を知り、恋を知った。同時に叶わない想いがあることを知った。

それもまた、生きていく上での経験としてリゼルに刻まれ糧となる。

「ありがとうマリー。貴女と出会えたことを光栄に思う」

誰もいない執務室の窓から外を眺める。

この広い国のどこかに民としている想い人の平和を願う。

その願いを叶えるのは紛れもなくリゼル自身である。

失恋した相手に何か返せるとするならば、国を良い方向に導き、少しでも彼女の生きる道が穏やかとなることだろう。

自身にしか果たせないであろう立場に少し思い入れが強まった。

執務室の扉をノックする音が響き、リゼルは扉を見て入室の許可を告げる。

中から数人の公爵たちが書類を持って訪れ、広間に来てほしいと告げられる。

休憩時間は終わりだ。

リゼルは国を統べる者として、訪問者と共に執務室を後にした。

◆

「何が書かれていると思う？」

レイナルドの言葉に、水を飲んでいたアルベルトは動きを止め、目線をレイナルドに向けた。

「恐らく王子はもう、マリーに想いを伝えることはないだろうね」

キインと、レイナルドの指がワインのグラスを弾（はじ）く。

アルベルトも同じことを考えていたが、特に同意はせずに水を飲み干した。

時折城内で見かける王子の様相は今までと全く違っていた。

まだ垢抜(あか)けない様子があった王子だったが、父を知り真実を知り、別人のように変わった。甘さが残っていた王子は既にいない。

そこに立つのは王となる覇気を持つ青年であった。

父で失くした王家の信頼を取り戻したいと国民の前で告げた彼は、次期国王として多大に期待されている。元々期待は高かったが、今回の反乱に手を貸していたと伝聞することで、その声はより強まった。

リゼル王子もまた、その偽りの真実を利用して国民の心と貴族の心を摑んだ。

突如揺れた王国も、この波を乗り越えれば穏やかな成長を遂げるだろう。

次に出てくるのは、また王の婚約者問題だった。

ここぞとばかりに婚約を急ぎたい諸侯から声が上がったのだが、それをキッパリとリゼル王子は断った。

『今、優先すべきは民からの信頼を取り戻すこと。後継者など盤石な体制が整わなければ意味をなさない。よって、今いる令嬢たちを一度帰らせてほしい』

その言葉に反対する者は現れなかった。リゼル王子からの強い意志を感じたからだ。

今まで率先して自身の親族との婚姻を薦めていた各貴族たちもそれには黙って従った。

会議を端で見守っていたアルベルトにも、王子がどこか吹っ切れた様子に見えた。

リゼル王子なりに事の真実を受け止めたのだろう。

「こうなると、マリー嬢を捕まえるのは私かアルベルトのようだね」

「…………」

レイナルドの言葉にアルベルトは更に沈黙を落とした。

顔の赤みはだいぶ引いた。酒に酔っている時に交わす会話でもないのだが、こういう時にしかレイナルドの本音を聞くことができないのも事実。

アルベルトはレイナルドのマリーに対する激しいまでの独占欲を知っている。

ローズ領に閉じ込めたのも、復讐を果たすためという大義名分がありながらも、自身の手元に囲いたいという欲が入り交じっていたことを知っている。

「何だ。違うのか？」

からかうように聞いてくるレイナルドの顔は悪戯(いたずら)心に満ちている。

復讐から解放された彼は、時々以前には見られなかった顔をするようになった。

「違くありません」

それに比べ、復讐から解放されてもアルベルトは固いままだった。これぱかりは性分であり、変えられない。

「素直でよろしい」

上機嫌にワインを飲むレイナルドを睨む。

レイナルドの様子は、復讐という呪縛から抜けてようやく、彼らしさを取り戻したように見える。

呪縛から解き放たれたのはアルベルトも同様ではあった。

長年抱き続けてきた復讐を遂げたためか、以前と異なりどこか心に余裕がある。

それはアルベルトも同様であるからこその、先ほどの言葉なのだろう。

作り笑顔をもってしても淑女の視線を根こそぎ奪うような美丈夫であるレイナルドは、立場も何もかもがアルベルトには及ばないと考えている。

年齢すらもアルベルトは高く、まだ二〇にもならないマリーとは不釣り合いかもしれないが。

それでも。

「諦めるつもりはありませんよ」

一度諦めたことで後悔する日々は繰り返さない。

焦茶の細長い眼でレイナルドを見据えれば、レイナルドはニヤつくように笑った。

意地の悪い顔をするようになったのは、つい最近のことだ。

「よく言ってくれた。そんなお前に褒賞を与えるよ」

ニッコリと微笑む笑顔は幼い頃、美少年であった彼の面影を思い出させる。

「褒賞?」

何のことだと尋ねるアルベルトの手前に一通の書状を差し出す。

机に置かれた書面に目を通し、アルベルトは固まった。

「此度の貢献に伴い、貴君にユベール領の一部を与えよう。よって貴君に子爵の位を授ける。という王からの勅命だ。お前の爵位授与に関する式典は戴冠式など全てが落ち着いてからだけど、さっさと命を下して良いとのことだったから渡しておく」

「どういう……ことですか」

「同じマリーを想う者として、立場は少しでも対等でありたいということが一点。それと、ユベール領にローズマリー姉様の墓碑を建てるためにも、父の失脚時に奪われていた土地を返還してもらったんだよ。私にはローズ領があるから兼ねることもできない。かといって姉様を大事にしてこなかった兄にくれてやるのも気に食わない。だからお前に預けようと思う。大切にしてくれよ。私たちの大切な故郷だ」

次期王の署名が末尾に記載された書面を、アルベルトは硬直したまま眺めていたところで。

「どうしたんですか?」と、リゼルからの手紙を読み終えたマリーが戻ってくるが。

固まったアルベルトは、しばらく戻ることがなかった。

書き下ろし 初めての口付けは？

「覚えていますか？　私にとって姉様が初めて私に口付けという名の祝福を与えてくださった時のことを」

いつものように三人で食卓を囲んでいた平和な夜に突然レイナルドが爆弾発言を投下してくるものだから、私は口に入れたばかりのパンをはしたなくもテーブルに落とし、アルベルトは手に持っていたナイフを手から滑らせ、ガチャンと派手な音を立てていた。

「何ですか急に！」

「思い出話でもしようかと思っただけですよ。こうして懐かしい顔触れで食事をしているのだから今日は過去の思い出をお酒のつまみにでもね」

上機嫌そうにレイナルドは言っているけれど、その目はお酒を楽しんでいるというよりは、何だかアルベルトや私の様子を見て楽しんでいるみたいだった。

「本当ですか？　マリー」

「う～ん……どうなのでしょう」

ありがたいのかわからないけれど、その辺りの記憶は思い出していなかった。ただ、お休みなさいのキスとかおはようのキスは日常茶飯事に行っていたことは覚えている。勿論、頬や額にしていた。

レイナルドの言う口付けは勿論、そんな挨拶のことは言っていないわけで。

しかし初めて口付けした相手が姉ってどうなのだろう。もし、今の私であるマリーの兄がそのような思い出を語ったとしたら、それはきっと私への恨み言だろう。

けれどレイナルドは違う。

それはもう、嬉しそうに言ってくる。

「五歳になった私にお祝いのプレゼントをくださったことは覚えている？」

私にローズマリーの頃にあった思い出を聞いてきたのでしばらく考えて頷いた。

記憶にあったレイナルドと迎えた初めての誕生日。

屋敷内ではローズマリーの母の目もあり、盛大に祝えないとわかっていたローズマリーは、侍女に頼んで二人分のケーキと食事を用意してもらい、お気に入りの庭園でお祝いをしたんだった。

「確かプレゼントに初めて刺繍したハンカチを贈ってくれましたね」

「覚えていてくれたんだ」

キラキラとばかりに瞳を輝かせるレイナルドの表情は幼少の頃に見ていた彼の面影そのままだった。彼もまた、昔の記憶を思い出しているのだろう。

「初めてとは思えない丁寧な刺繍でした。イニシャルを入れてくださった刺繍入りハンカチです。今も大切に保管しています」

「えっまだ持っているのですか？」

物持ち良すぎじゃないか？

さも当然のように言うけれど、贈ってから二〇年以上の年月が経っている。

「姉様からということもありますが、生まれて初めて贈られた誕生日の贈り物ですから。私にとっても思い入れが深いので」

レイナルドの発言は、それまで彼が母親からも父親からも何も贈られていなかったことを当たり前に伝えていた。それはとても悲しいことだというのに、彼はローズマリーからのプレゼントについて嬉しそうに語っている。

ローズマリーも知らなかった事実。

私の視線に気づいたらしいレイナルドは困ったように微笑んだ。

「気にしないでください。そもそも誕生日に物をもらうという風習自体知らなかったのですから。だからこそ姉様に頂いた贈り物が嬉しかったのです。そして、私はその時に更にお願い事として、姉様からの口付けを頂いたのですよ」

そう、口付け。

改めて言われると前世のことだというのに恥ずかしかった。といってもおままごとの延長のような馴れ合いだったから恥ずかしいといってもそこまでではないけれど。

と、そんな風に姉弟の懐かしい話に花を咲かせているところで。

「私もローズマリー様からは口付けを頂いたことがありますが？」

更なる爆弾をアルベルトが落としてきた。

「……え？」

私とレイナルドはタイミングを全く同じくして声を重ねた。

「ああ、ローズマリー様は覚えておいでじゃないでしょうね」

私たちの反応を気にも留めない様子でアルベルトは果実酒を飲んでいる。

「いつですか」

だいぶ声色が怖いことになっているレイナルドが問う。

「彼女のデビュタントですが？」

シレッと言ってくる辺り、どうやら事実のようだ。

私は更にローズマリーの記憶を探る。

デビュタント……デビュタント……

確か、グレイ王子にエスコートを頼んでいたのにもかかわらず、当日になって発熱して行けなくなった王子の代わりにアルベルトがエスコートしてくれたのだった。

「その頃のレイナルドって……」

「寄宿舎で勉学中です」

不貞腐れた顔付きは、まさにデビュタントの話をしていた時の幼いレイナルドと重なった。

自分がエスコートしたい！　と一〇歳の少年が声を上げていたけれども、一四歳からしか入れない舞踏会場に子供が入れるわけもない。

ローズマリーのデビュタントは早くて一四歳だった。それは、早々に婚約発表を行いたいという王家の都合だった。それでも、淑女としてのマナーを完全に熟知していたローズマリーには最年少でのデビューだとしても難なくデビューを果たしていた。はず。

けれど私の頭に疑問符が浮かび上がる。記憶にないけれど、何かとんでもない事態があったような、なかったような。

「覚えていませんね」

アルベルトに睨まれる。やはり何かとんでもないことをしでかしていたらしい。あの完璧であるローズマリーが？　マリーの私ならわかるけど。

「何でしょう。全く思い出せません」

前世のこととはいえ、申し訳なくてアルベルトに少し頭を下げる。そして問いたい。いつ、私はアルベルトと口付けなんて交わしたのか。

デビュタントの少し前、まだ恋に淡い期待を寄せていた頃のローズマリーは一瞬だけ騎士のアルベルトに恋心を抱いたことはあった。けれども幼い頃から婚約者のいた立場なのでその想いはすぐに捨て去った。思春期に見た淡い夢だった。

そんな淡い思い出だと思っていたのに、ローズマリーはいつの間に羽目を外すようなことをしていたのだろう。

不安そうにアルベルトを見ている私と、不服そうに睨むレイナルドにアルベルトは笑った。

「残念ですけど、お二人が想像しているような美しい思い出ではありませんよ？　それでも聞きたいですか？」

「はい」

「是非に」

二人して即答した。

アルベルトは残り少ない果実酒を飲み干すと話し始めた。

「デビュタントで華々しくデビューされたローズマリー様ですけど、大勢の方とお話しされているうちに喉が渇いて、近くにあったグラスを飲み干しました。するとそれが度の強いアルコールで。初めてアルコールを口にしたローズマリー様はいっきに体調を崩された。そこまでは記憶には？」

「……ございません」

初めて知ることだった。確かに思い出せばデビュタントの後半は記憶が曖昧だったかもしれない。

「急に体調が悪くなってもそこはローズマリー様。皆に心配を与えないよう平静を装って会場を退場。その後馬車の中でいっきに体調を崩しまして」

「それで？」

レイナルドの瞳孔が光る。

「水が欲しいと訴えられるけれどもうまく飲めないローズマリー様を介抱して差し上げました」

「………………」

私は、私のことじゃないけれども心底恥ずかしくて。正に穴があったら入りたかった。

「その……今更なんですけどごめんなさい」

「いえ。貴女から目を離した私の落ち度です」

「その通りだな」

大変忌々しそうにレイナルドが続ける。

「もし私がいればそのようなことはなかっただろう」

「そうですね。一〇歳の子供をお世話した令嬢のデビュタントでしたらそうはならなかったでしょう」

年齢のことを出してくるアルベルトも結構人が悪い。

けれどそうか。

グレイ王子には全く見向きもされず恋というものを諦めていたローズマリーだったけれども、そんな可愛らしい出来事があったんだ。

私はちょっと嬉しくなって笑ってしまった。

「ところでマリー。貴女の初めて口付けを交わした相手をお聞きしてもよろしいかな？」

「え？」

「それは良い。是非お聞かせ願いたい」

この二人はどこまで爆弾を投げつけてくるのだろう。

期待の眼差しを二つ向けられるけれど、私はその視線をかわすべく果実酒のお代わりを取りに行くことにした。

「ああ、果実酒ならここにありますよ」

既にストックを所持していたアルベルトに退路を塞がれる。

「まだ時間はたっぷりありますから。で、誰だったのですか？　幼馴染みというリサイかな？　それともスタンリー殿？　もしかしたら父君かな」

何故レイナルドが私の幼馴染みの男性の名前を知っているのだろう。

「覚えていません！　上位貴族のようにその、貞節を重んじるような家でもなかったので」

口付けという言葉に甘い感情を抱くよりも生活で精いっぱいで、と続けたかったのだけれども。

突然周囲の気温が寒くなった気がして顔を見上げてみた。

氷の貴公子と無表情の騎士がいた。

「レイナルド？　あ、アルベルトまでどうしたのですか？」

何かあっただろうか。それとも失礼なことでもしてしまっただろうか。

たった今まで和やかとは言い難いけれども他愛ない話に盛り上がっていたと思うのだけれども。

「マリー」

アルベルトが仕事の時のような声色で私の名を呼んだ。

「は、はい！」

思わず姿勢を正してしまうのも仕方がない。

「今から聞くことは貴女を不快にさせるかもしれません。ですが、大事なことなのでできればお答えいただきたい」

「大事なこと」

思わず復唱してしまった。

「はい。大事なことです」

いたく真面目な顔でアルベルトに言われるので、私は緊張しながらも頷いた。どれだけ私は問題あることをしてしまったのだろう。不安に駆られながら次の言葉を待った。

「貴女は、その…………」

大変言いづらそうだ。余計に不安になってレイナルドを見るけれど、彼の表情も微動だにせず私を見ている。

「…………」

なかなか煮えきらずにいるアルベルトの言葉を待つ。ひたすら待つ。

これほど深刻な表情をしているアルベルトは珍しい。

一体どれだけ待つのか。待ちきれなかったのかレイナルドがため息をついて口を開いた。

「アルベルトは貴女の交際関係が気になるようです」

あっさりと告げられた言葉に拍子抜けした。その発言が本当にアルベルトが聞きたかったことなのか確認したくてアルベルトを見ると、いたく顔を赤らめた騎士団長がそこにはいた。どうやら聞きたかったことで問題ないらしい。

「特にお付き合いしている方はいませんよ」

何だか前にも聞かれたことがあるのは気のせいだろうか。

「それでは次にお聞きしたいことは」

え、まだあるの？

「貴女が初めて口付けを交わした相手は？」

さっきの質問に戻ってきた。

先ほどまでの会話の延長線と思えば答えないわけにもいかない。

私は、マリーとしての記憶を思い出す。ローズマリーの思い出ですら曖昧なのに、私自身の記憶といえば。

「………………」

沈黙が痛い。

早く思い出さなければと思うのだけれど、出てくるような思い出が悲しいことにない。

「……ありません」

そう答えた瞬間。

さっきまであった寒気がいっきに溶けて和やかな雰囲気が戻った。

「そうなんですね」

「それはそれは」

穏やかな笑みを二人から送られて私はとてもいたたまれない思いがした。

結婚適齢期の女性の浮ついた話題を提供することもできませんで、と不貞腐れたいところだったけれど。

ここで最終爆弾が投下されることになる。

「マリー。収穫祭の優勝者への贈り物としてあげていただろうが」

それまで少し離れたソファで居眠りしていたはずの兄が会話に乗ってきた。

ちょっと待って。いつから話を聞いていたの。

ローズマリーの話題をしていたことに関して聞かれていたのではと焦る私だけれども、それ以上に二人から凍てつく寒さを感じ、言葉を飲み込んだ。

「収穫祭って何？」

氷の貴公子が問い詰める。

「どなたに贈ったというのですか」

騎士団長の圧力で尋問される。

そう言われても、それこそ収穫祭での記憶なんて全くない私は目を回すしかなく。

結果、私からは何も聞けないと察した二人は兄を問い詰め始めた。

私も忘れていた幼少期の初めての口付けは、エディグマで一番の収穫量を誇ったヴィード爺の話を持ち出され。

私を含め三人の「あ〜」という気の抜けた声が重なったのだった。

そんな会話をしていたからか、私はローズマリーの夢を見た。

最初は幼い頃のローズマリーとレイナルドの姿。

『お誕生日おめでとう』

言葉と共に庭に植えていた花の中からレイナルドに似合いそうな花束を作り、一緒にプレゼント包装した刺繍入りハンカチを贈っている。

何が起きたのかわからず、少しポカンとしていた幼い少年は、みるみると頬を薄紅色に染め出した。

レイナルドの五歳の誕生日だった。

『ありがとうございます……』

受け取る小さな手にいっぱいの花束がよく似合う。

その場で受け取った包装紙を開き、少しよれたハンカチを広げた。

『私が刺繍を入れたのよ』

『これは私の名前ですね』

『そう。レイナルド・ユベールの頭文字をとっているの』

ユベール領に来たばかりのレイナルドは文字の読み書きができなかった。実の母から教育を受けられる環境を与えられていなかったからだ。それでもユベールに来てから彼は瞬く間に知識を多く蓄えていった。まだユベールの次男となって半年ぐらいだというのに文字はほぼマスターしていた。けれども自身の名を綴(つづ)ることも、イニシャルにすることもなかったために、ローズマリーが縫ったイニシャルの名前が新鮮だったらしい。

『良ければ毎年刺繍入りの何かを贈ってもよいかしら？　きっと来年はもっと上手になってい

るわ』

レイナルドの手にある拙い刺繡が恥ずかしくて、ローズマリーは思いついたことを口にした。レイナルドは嬉しそうに頷いた。

来年も再来年も、ずっとこの先もレイナルドの誕生日を祝いたい。そして成長するにつれて彼に相応しい刺繡を縫う。それは刺繡を不得意としているローズマリーにとっても良い励みになった。

『他にも何か欲しいものがあるかしら？』

日頃屋敷の中で不自由している弟に何かしてあげたい一心で、ローズマリーはそのように言った。

するとレイナルドが一度黙ってから思い立ったように口を開いた。

『でしたら口付けが欲しいです』

『口付け？』

随分マセた贈り物だ。ローズマリーは少し照れ臭くなったけれどレイナルドの顔はとても真剣だった。

『ねえ様の絵本みたいに口付けしたいです』

ローズマリーの絵本といえば、騎士が姫を救いだ出し、王子と姫が結婚をするといった絵本のことだろう。

絵本を思い浮かべれば、確かに物語の最後に結婚式で王子と姫が口付けを交わしていた。勿論挿し絵の可愛らしい絵で。

『あの口付けは結婚式のものよ?』

『ねえ様とけっこんしきをしたいです』

滅多に我が儘を言わない弟が誕生日にねだる唯一のお願い事ならば。

少しばかり考えたけれどローズマリーは頷いた。

『それじゃあ結婚式をしましょう』

この頃には勿論グレイ王子との婚約も決まっていたし、レイナルドは弟なのだからこれはごっこ遊びの延長だった。

ローズマリーは贈った花をレイナルドと一緒に持って向かい合った。

『レイナルド・ユベール。貴方はローズマリーと結婚を誓いますか?』

うろ覚えの宣誓。突然言われたレイナルドはよくわからずにローズマリーを見ている。

『誓いますって言うのよ』

『ちかいます』

アドバイスをするとレイナルドは言う通りに告げる。

『えっとローズマリー・ユベール。貴女はレイナルドと結婚を誓いますか?　はい、誓います』

自分で聞いて自分で誓うという面白い状況にローズマリーが笑う。

『それでは誓いの口付けを』

そうしてローズマリーは幼いレイナルドの唇に優しくキスをした。

ローズマリーにとって初めての口付けは、この可愛らしい弟に贈った。

贈られた弟は、自分から言い出したことだというのによくわかっておらず。

ただ嬉しそうにしていた。

『これでねえ様とずっと一緒にいられますか？』

『ええ。結婚したらずっと一緒に暮らすのよ』

『嬉しいです。ありがとうございますねえ様』

そこでようやくローズマリーは本当に弟が望むものを理解した。

彼の愛する弟は、離れることなく永遠に傍にいることを願ったのだ。

『そうね。ずっと一緒よ』

けれどこれはおままごと。

いつかローズマリーは王宮に嫁ぐこととなる。そしてその頃にはレイナルドも理解するだろう。

けれどそれまでは。

せめてそれまでの間だけでも。

愛すべき弟と共にいられる時間が続きますように。


思い出した記憶に、眠りながら私は涙を一筋零した。

おままごとから始まった約束は一六の時に潰えてしまった。それでもローズマリーは長らく願いを叶えたかったことを私は記憶と共に感じ取った。

意識は記憶を遠くから眺めていた。それから急に世界が移り変わり。

次に見た夢はローズマリーのデビュタントの日だった。

王子の婚約者として相応しいドレスを数か月前から準備していた。グレイ王子の髪色である金色に合わせたドレスだった。

王都にあるユベールの邸宅で王子を待っていたローズマリーは、いつまで経っても迎えに来ない王子に不安を抱いていた。

一四歳になって王都の邸宅に住み始めてから、王子とは月に一度顔を合わせている。一緒に勉強をと気を遣って国王が招待してくれるのだけれども、勉学を嫌う王子はなかなか一緒に勉強をしてくれなかった。それどころか口うるさく言うローズマリーを毛嫌いしている様子も窺えた。

それでも、ローズマリーのデビュタントにはエスコートするからと約束してくれていた。初めてのデビュタント。失敗は許されないと口酸っぱく父であるユベール侯爵からも言われているる大事な日。

だというのに、当日、グレイ王子は来なかった。

不安で落ち着かない気持ちをどうにか平静に保っていたところで王城から使いが来た。

安心したローズマリーを待っていたのは、王子が発熱したために参加できないという伝言だった。

初めてのデビュタントにエスコートも連れずに行くことは恥だった。

ローズマリーは止まらない手の震えをどうにか手に力を入れて抑えようと思ったけれども、体はなかなか落ち着きを取り戻さない。

たとえ恥を晒(さら)したとしても向かわなければならない。不参加こそ何よりの恥だった。それに王宮からも早くデビュタントを済ませるように言われている。この日を逃してしまえば次に行われるデビュタントまで待たなければいけない。それでは遅い。

『……参ります』

ローズマリーは意を決して座っていた椅子から立ち上がった。

『お待ちください』

すると、同じくデビュタントを果たす予定だったアルベルトから声をかけられた。彼は元から エスコートの女性を連れていかず、デビュタントだというのに私の護衛をすると言って聞かなかった。デビュタントはいわば成人式。デビュタントを迎える子供から大人に変わる少年少女たちが主役となる。その中で一人大人の護衛を付けていれば浮いてしまうだろうと言って、自身のデビュタントよりもローズマリーの警護を優先していた。

その彼がローズマリーを引き止めていた。

『少しだけお時間を頂けますか？　私がエスコートを務めます』

『アルベルトが？』

『はい。身分としては相応しくありませんが、いないよりは良いと思ってください』

彼はその場で使いに急いで正装を持ってくるよう指示を出す。

『護衛もエスコートも似たようなものです。どうか気になさらずエスコートされてください』

それは不器用なりにもローズマリーに気を遣ってくれるアルベルトの優しさだった。

従者が急いで持ってきた正装を身に纏い、それでも護衛のためにと懐刀を用意しているアルベルトにローズマリーは嬉しそうに微笑んでいた。

『ありがとう、アルベルト』

『仕事ですから』

気にしないでと言いたいのだろう。幼馴染みの気遣いにローズマリーは少し泣きそうになっていた。

それからまた意識は飛んでデビュタントの会場でのこと。

無事にデビュタントを果たし、エスコート役が王子ではないことを聞かれた時には冷静に体調のことを伝えられた。大変でしたねと同情されると共に、うまく社交の場を乗り切れたことは周囲の貴族に良い評価を得られた。

参加していたローズマリーの父にも及第点を頂けて安堵していたためか。

喋りすぎて喉が渇いたローズマリーは、大人たちとの会話を続けながら近くに飾られていたグラスを手に取り飲み干した。

喉元がいっきに熱を持ち、咳き込まなかったのが奇跡だ。

すぐに異変に気づいたアルベルトはエスコートをしながら私を会場の壁側に誘導する。

『大丈夫ですか？』

『間違えてお酒を飲んでしまいました……』

デビュタントを果たせばもれなく飲酒も解禁となっているが、大勢の場で失態を晒すわけにはいかないローズマリーはジュースしか飲んでいなかった。お酒を促す来賓客も多いため誤魔化すために常にジュースを持ち歩いていたけれども、我慢できずに水分を補給したことが間違いだった。

体が初めて得たお酒の勢いに負けてしまう。フワフワとした心地良いような気持ちが悪いような感覚に襲われる。

それでも周囲に悟られないよう、笑顔を振りまいてその日は退室しますと挨拶を告げた。

時々ふらつきそうになる体をアルベルトに支えてもらいつつ、どうにかローズマリーは会場を出ることができた。

あとは帰って休むだけだ。ローズマリーはユベール領の馬車に乗り込み体を端に追いやった。続いて水筒を持ったアルベルトが乗り込み、邸まで向かうよう御者に指示をしていた。

馬車が揺れだすと、いっきに気持ちが悪くなった。

「ローズマリー様。横になりますか？」

アルベルトに返事もできないぐらい具合が悪化している。心臓が早鐘打つようにドクドクと鳴っている。時折気持ち悪くなってしまい馬車を何度か止めてもらうように頼むため、なかなか邸に到着できない。

『水を飲みますか？』

水分を欲してどうにか頷く。けれども手が覚束なくて零してしまう。結局諦めて水筒をアルベルトに戻し、ローズマリーはそのまま馬車にもたれかかりながら気を失うように眠った。

目を閉じて休んでいると、口の中に冷たい水が流れてきた。

求めていた水分にローズマリーの体は欲するままに水を受け入れた。

目を閉じていたために、どうやって水を得たのかはわからない。

ただ唇に微かに触れる何かがとても優しく温かく。

心地よい温もりと冷たい水によって、ローズマリーの最悪だった体調がほんの少し回復していることを、夢見心地に感じていた。

目を覚ました時。

目の前に広がる光景に私は息を呑んだ。

机に突っ伏して眠っているレイナルドとアルベルトの姿があった。

記憶を思い出してみれば、食事の後にも話が白熱し、お酒の勢いもあってそのまま話し込み、結果全員うたた寝してしまっていたらしい。

「やってしまった……」

前世は淑女の鑑と言われたローズマリーの生まれ変わりも、今ではこのような始末だ。しかも騎士団長と公爵まで巻き込んでしまうだなんて。

時刻を調べてみれば深夜ではあるものの帰る時間はありそうなので、二人の肩を揺する。

「レイナルド。アルベルト」

声をかけてみるけれど返事はない。

ふと、これだけ気を抜いて眠る彼らを見るのは初めてかもしれない。

今に至るまで激務に追われる彼らがこうして休める日は滅多になかった。初めて熟睡する二人の寝顔を眺めていると何だかとても微笑ましい。

ずっと眺めていたい気もするけれど、そうも言ってはいられない。

けれどあと少しだけ。

思い出していた幼い頃のレイナルドと、若き日のアルベルトとの思い出に浸りながら。

私はのんびりと二人の寝顔を見つめていた。

転生した悪役令嬢は復讐を望まない／完

初めまして、あかこと申します。

この度は「転生した悪役令嬢は復讐を望まない」を手に取って頂き、本当にありがとうございます。

元々読む側で好きだったなろう小説の、更に悪役令嬢をテーマにした作品で自作が書籍化するとは全く考えもしなかっただけに、今の状況が未だに非現実的な感じがしています。

日々の忙しい中、時間の合間に読んでいた小説家になろう。沢山の作品を読んで、自分も時間に余裕が出来たら書いてみたいなぁ、なんて思っていました。

丁度私生活上で少しばかり時間の融通ができたので、「悪役令嬢もので何か書いてみよう！」と思ってから今に至ります。

本当にありがたい機会を頂きました。この場で改めてお礼申し上げます。

ただ、趣味で書いていた小説なので、世に書籍として出すには稚拙すぎる文才だと思います。そんな駄文を何度も校正して下さった校閲の方には感謝しかないです。

挿絵やキャラクターデザインに関しても、双葉先生の素敵なイラストによって自分の中で曖昧だったイメージが鮮明に描かれました。

軽い気持ちで始めた小説が、多くの方に手を貸して頂き、こうして一冊の本にして頂けるというのは素晴らしいことだなあと、しみじみ。

あとがきのページを頂くと感謝の言葉しか出てこないです。

作品の話をすると、最初に書きたいと思ったシーンは冒頭の処刑と、レイナルドが棺桶の前で笑っている姿でした。闇落ちヤンデレ最高です。あと、実は最初はリゼル王子は存在すら考えていませんでした。今となっては作品に欠かせないキャラになっていますし、構想と実際に書いている時と、物語の方向が考えもしない方に進んでいくのも面白かったです。

現状、小説家になろうの方では本作は完結しておりますが、番外編も含め今後も何かしら活動したいと思っています。作者自身、それぞれに愛着がある作品のため、もう少しお付き合い頂ければ幸いです。

最後に改めて、お声を掛けて頂き、更には書籍まで導いて下さった担当様、応援してくれる友人やその家族の皆様、小説家になろうで投稿の時から感想や評価を下さった皆様、そしてこの本を手に取って読んでくださる皆様、改めてありがとうございます。

またお会いできる機会があれば幸いです。

転生した悪役令嬢は復讐を望まない

発行日　2020年10月25日 初版発行

著者 あかこ　イラスト 双葉はづき

発行人　保坂嘉弘
発行所　株式会社マッグガーデン
〒102-8019 東京都千代田区五番町6-2
ホーマットホライゾンビル5F
編集 TEL：03-3515-3872　FAX：03-3262-5557
営業 TEL：03-3515-3871　FAX：03-3262-3436
印刷所　株式会社廣済堂
装　幀　木村慎二郎（BRiDGE）＋矢部政人

本書は、「小説家になろう」(https://syosetu.com/) 作品に、加筆と修正を入れて書籍化したものです。

ISBN978-4-8000-1018-6 C0093

ファンレター・感想等は弊社編集部書籍課「あかこ先生」係、「双葉はづき先生」係までお送りください。
本作品はフィクションです。実在の人物・団体・事件等には一切関係ありません。